台湾「白色テロ」の時代

死の行進

龔《キョウ》 昭勳《ショウクン》

展転社

まえがき

白色《はくしょく》テロ（英語はWhite Terror）とは、為政者や権力者が政治的敵対勢力に対して行われる弾圧や暴力的な活動のこと（不当逮捕や、迫害、言論統制）であります。フランス語（Terreur Blanche）に由来するから、白色テロルとも言います。

台湾での白色テロは一九四九年に戒厳令が敷かれた後、蔣介石、蔣経国親子が率いる中国国民党独裁政権が反体制派に対して行った政治的な弾圧のことを指します（一部の人は一九四七年の二・二八事件も白色テロであると言います）。一九八七年に戒厳令が解除されるまでの三十八年間、反体制派と見なされた多くの国民が不当逮捕され、投獄・処刑されました。

大正十五年に生まれた蘇友鵬は、幼稚園から日本教育を受け、帝大一年生の時に、終戦を迎えました。そして医学部を卒業してから間もなく逮捕され、労働集中キャンプに投獄されました。その後、釈放されましたが、戒厳令下ではしばらくの間生活に追われ、やっと台湾の民主化を迎えて、政権交代まで体験することができました。日本人、中国人、台湾人、蘇友鵬はよく「あの時代は本当に荒唐無稽だ」と言っていました。彼の一生はまさしく台湾の近現代史の証人とも言えます。

台湾と日本とは地理的に近く、人の交流が盛んでいる国同士であります。「親日国」として知られる台湾、李登輝政権が基礎を作り上げた現在の民主化台湾、暖かく優しい笑顔、美味しい食べ物以外に、かつて日本と「同じ国」として、五十年間を共にした台湾は、戦後の厳しい国際情勢の中で孤立を余儀なくされました。民主主義を共有する価値観の台湾が戦後にたどった悲惨な近現代史を、日本人は知らないでしょう。本書が少しでも台湾のことを理解する助けになれば幸いです。

目次

第二章　監獄島──緑島新生訓導処

第三章　移行期正義

装幀　古村奈々＋Zapping Studio

序章　孤独な後姿

蘇友鵬の後ろ姿
（ひまわり運動に参加して、帰宅する蘇友鵬）

二〇一四年三月十八日の午後、台湾の台北で国際社会を驚かせた大事件が起こった。この出来事によって、台湾は一気に世界中に名を広めた。その出来事とは、ヒマワリ学生運動である。台湾（中華民国）の国会（立法院）の大議事堂が、若い大学生と大学院生らによって占拠されたのだ。学生たちは、その前日の国会の内政委員会で開かれた委員審査会議中に、与党の国民党所属の張慶忠国会議員が野党の反対意見を無視して、わずか三十秒の速さで、台湾と中国との間のサービス貿易協定（海峡兩岸服務貿易協議）についての審査を採決したことが、余りにも理不尽で、完全なブラックボックス作業（密室政治）だったのでデモを起こし、国会議事堂を占拠した。学生たちのデモは台湾社会の共鳴を得て、国会の議場だけではなく、周辺地区の道路までもが、台湾各地から応援に駆けつけてきた学生たちで埋めつくされていた。学生たちは、そのまま道路に数々のグループを作り、胡坐をかいて、熱心に議論をしたり、歌を楽しく唄ったり、または本来は教室で行うはずの授業の勉強会を行っていた。公演用のステージも設置され、講演や演劇、音楽コンサートをしていた。活動は抗議デモという険しい雰囲気ではなく、祭りのような歓楽的な気分で溢れていた。毎日応援に来る群衆の中には、学生を心配する両親なども絶えることなく見舞いに来て、周辺地域に溢れていた。また、いくつかの物資供給センターが設けられ、台湾各地の有志から支援物資が山のように積まれていた。活動は昼夜を問わず二十数日間続いて、四月十日にデモの幕を下ろした。その間の三月三十日、台湾各地から駆けつけてきた約五十万の民衆が黒い服（国民党の国会内での密室政治を暗喩）を着用し、総統府前の凱達格蘭大道《ケタガランだいどう》で集結し、デモのパレートを行っていた。

デモ行進が行われた前日の三月二十九日（土）午後二時前後、十五人からなるグループが、群衆をかきわけて国会の議事場に入った。平均年齢八十五歳を越えたこのグループは、学生たちを応援に来たのである。その中の背の低い九十歳の老人が議事場の壇上に上がり、学生たちに挨拶をした。彼は力を込めた声で拳を挙げ、「我々は前世紀、二十世紀半ば、五〇年代の白色犠牲者であり、本日この重要な活動に参加できることを誇りだと思っている。……」。

その後、彼らは議場から出て、その老人は一人で帰途についた。その孤独な背中から、迷うことなく、自信溢れていることが感じられる。彼はそのまま、未来へ歩き始めていた。

その老人は蘇友鵬医師である。耳鼻咽喉科の専門医であり、彼の治療を受けて、病が治った人数は切れないほどいる。蘇友鵬は本書の主人公である。大正十五（西暦一九二六）年一月十二日～平成二十九（二〇一七）年九月十六日、享年九十一歳。蘇友鵬は大正、昭和、そして中華民国と計三つの紀元を経て、終戦時には台湾が日本から「祖国」中国への復帰を喜んだが、五年後の一九五〇年五月に、社会人になって一年も経たず、社会への貢献を果たそう

ひまわり運動に参加して、激励した蘇友鵬

蘇友鵬

と意気軒高である時に、蔣介石率いる独裁政権に違法逮捕され、十年の懲役判決を受けた。翌年、台湾の本島から南東にある、離れ島の火焼島（現在は緑島と改称）の強制労働集中キャンプ（新生訓導処）に移されて、監禁された。蘇友鵬は緑島での第一期「新生」になった。なぜ、皆から神童と呼ばれていた蘇友鵬が国民党政府の反乱犯となったのか。明るい人生が、一本の電話で真っ暗な闇に落とされた。彼を救うのは唯一つ、「希望を持って待つこと」であった。

蘇友鵬は自分の一生を通して、台湾の揺らいでいる近代史を証言した。これは単なる一人の伝記ではなく、一つの家庭の惨劇でもなく、百年以上続いていた、苦悶なる台湾の殖民地の歴史なのだ。

第一章　突如の逮捕

突如の逮捕

昭和二十五（一九五〇）年五月十三日（土）午後二時前、普段のように病院は午後の患者さんの診察、治療の準備が進められている。翌日の日曜は休日なので、昼休みの休憩室では、週末の午後ののんびりとした雰囲気が漂っている。午後の診療を終えたら休みの日曜日を迎えるので、仕事で忙しかった一週間を過ごした蘇友鵬は、もう一息でリラックスできると感じていた。日曜日は、まず教会へ行って、好きな聖歌隊の奉侍をする。礼拝を終えたら、すでに数年間付き合っている彼女とどこかで食事をして、映画をみるか、公園で散歩でもしようかと考えながら、昼休みに読んでいた本を閉じた。そして、急いで午後の診療の準備を始めた。ちょうどその頃、院長の魏火耀先生のオフィスから呼び出しの電話が入った。ただちに院長室に出頭するようにとの連絡であった。蘇友鵬は準備作業を途中で止めて、院長室へと赴いた。「なぜ院長から呼び出しがあったのだろう。まさか夜に下宿している医師の宿舎でのバイオリンの練習音が漏れて、誰かが苦情を言ったのだろうか？　しかし、いつも練習をしている際にバイオリンに消音器をちゃんと取り付けていて、音はどこへも漏れるはずはなかったが……」と、歩きながら訝《いぶか》しげに思いつつ、蘇友鵬は院長室へ急いだ。

院長室の外の廊下には、人民服を着た逞しくて厳つい顔をした、見知らぬ男が何人か立っている。病院の人でないことは一目でわかった。院長室に入ると、第三内科の許強主任医、眼科の胡鑫麟主任医、そして皮膚科の胡寶珍医師の三人が、応接間の長ソファーに黙って座らせている（あとでわかったことだが、許強主任医と胡鑫麟主任医はその日に行われている主任医週定例会議の最中に、連れ出されたのだ）。三人の先輩医師たちは蘇友鵬が入ったのを見ても会釈せず、顔の表情を何一つ変えず、落ち込んでいる様子だった。胡鑫麟主任医はチェロが得意で、よく蘇友鵬と一緒に練習していたほどの親しい間柄だったが、その胡主任医が蘇友鵬を見ても難しい顔を保って沈黙したままで、挨拶さえしなかった。

応接間には、さらに数人の見知らぬ男性が立っていて、その服装から特務だとわかった。彼らは三人の医師を見張っていて、警護している様子だ。院長室の雰囲気は変に感じている。蘇友鵬が入室したのを見て、椅子に腰掛けようと、立っている厳つい顔の男性の一人が指示した。「会話を交わすな」と厳しく言った。奥の魏火耀院長のオフィスから話し声が聞こえて、一人の男性が駆け足で外へ出たり、入ったりしている。誰かを探していて連絡を取っている様子がはっきり感じ取れる。彼らが第一内科の翁廷俊主任医の行方を捜し求めていることがやっとわかった。その日、翁主任医は母が病気で、見舞いのために帰郷したことが判明した。翁主任医は病院にいないのだ。

一時間ぐらい経って、四人の医師は院長室から連れ出された。出る前に魏院長は蘇友鵬が看診で着ている白衣姿を見て、耳鼻咽喉科の診療室へ電話し、「医師の控え室に置いてある蘇友鵬医師の上着を持ってきて交換しなさい」と婦長に指示した。そして、四人の医師は何

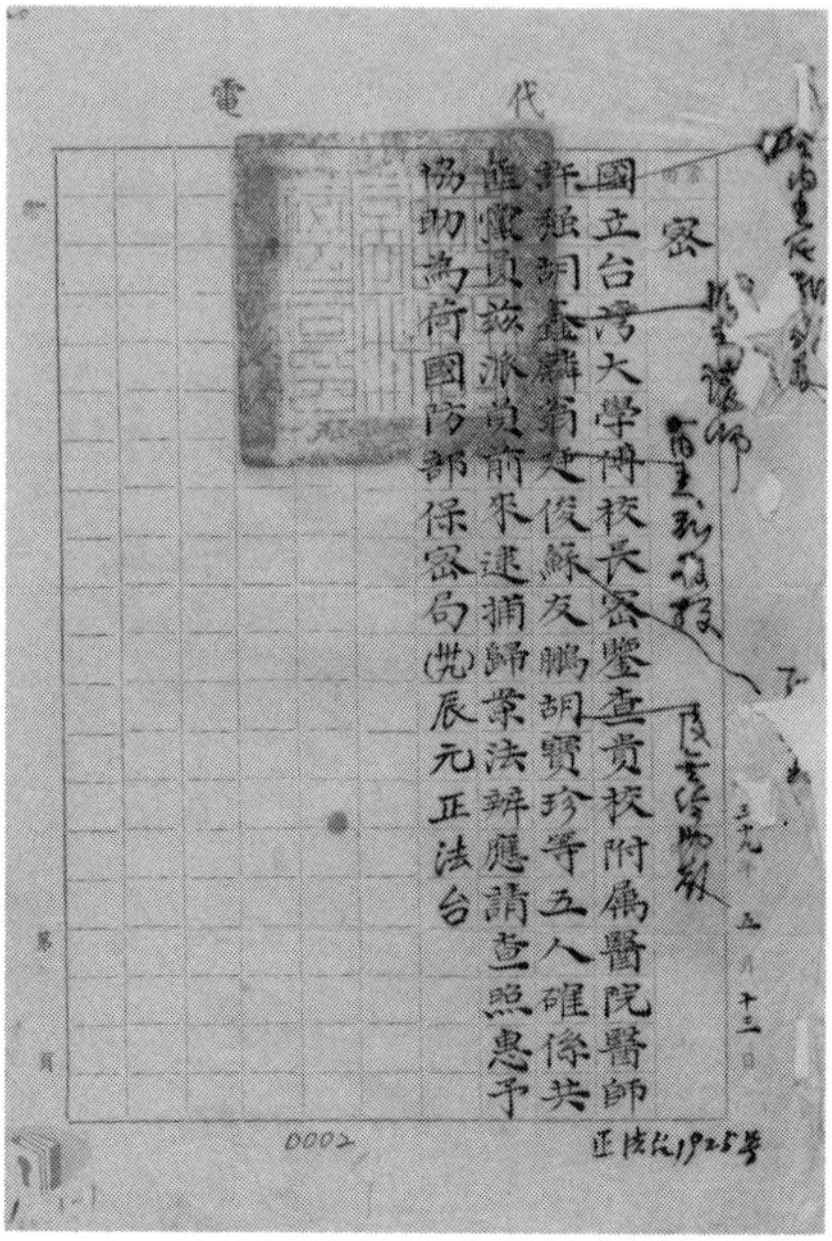
代電
啓
國立台湾大學傅校長啓鑒查貴校附屬醫院醫師
許強胡鑫麟翁廷俊蘇友鵬胡寶珍等五人確係共
匪黨員茲派員前來逮捕歸案法辦應請查照惠予
協助為荷國防部保密局(戌)辰元正法台
三九年五月十三日
正法代1925号

逮捕令状がわりの公文書

も知らないまま手錠を掛けられて連れ出され、奥庭に駐車している二台のジープに二人ずつ分乗した。一台の車に運転手、二人の医師、彼らを囲む逞しい特務の二人、計五人が乗って、台湾大学病院から出た。

一九五〇年五月十三日、台湾大学は四人の優秀な医師を失った。そして四つの家庭が、その親しい身内を失った（最終的には五人の医師を失った。その日の逮捕の噂を聞いて、翁廷俊主任医は一時逃げ回っていたが、その後は知人に頼み、自ら自首した。しかし、台湾大学病院にいることは許されず、退職してクリニックを開業したが、間もなく亡くなった）。軍事戒厳令が敷かれて一年近くになり、台湾社会は恐怖に覆われている。公安特務は気ままに振る舞っていた。

この日、五人のベテラン医師は特務の手によって社会から消えた。逮捕の令状なし（特務機関の公文書のみ）の違法逮捕であった。独裁政権の特務機関による完全に違法な暴挙であった。

秘密裏での勾留

四人の医師が連れて行かれたのは、国防部の保密局の秘密拘留所（通称：南所）というところである。現在の総統府の裏側の延平南路にあり、東呉大学城中キャンパスの近くに位置していた。先の日本時代は、日本台湾軍司令部の士官刑務所だった。敗戦に伴い、国民政府の国防部保密局が接収して、鎮圧の本拠地とした。特務が摘発した「反乱犯」のほとんどがまずここに連行され、尋問や拷問を受けた。拷問の残虐さで有名な場所の一つである。

当時の台湾社会は、こういう特務公安機関が存在していることさえ知らない。保密局の正式名称は「国防部保密局」であり、その前身は国民政府軍事委員会調査統計局（略称軍統局）だった。遡ると、軍統局の前身は軍事委員会蔣介石委員長個人専属の「密査組」であって、完全に蔣介石個人の秘密警察部隊であった。成立当初から、蔣介石個人のみに対する忠誠心が求められ、暗闇の汚い仕事を任されて、あらゆる悪事を働いていた。その主な仕事は、蔣介石の政敵を制裁、暗殺することであった。殺害の手段は残酷極まった。一九四六年六月、軍統局の武装特務部門が国防部第二庁に改められ、一番核心の秘密部隊が国防部保密局に変身した。一九四九年十月に共産党が国民党を撃破し、北京で中華人民共和国を建国した。それに伴い、国民党の蔣介石が台湾に逃げ込んできた。一九五〇年三月一日、すでに下野した蔣介石が再び総統に就任し（自分は「復行視事」と称して、違法に総統に再就任）、同年の四月国防部に総政治部を創立して、自分の息子蔣経国を主任に就任させ、情報収集と政治思想統制の業務全般を掌握することになった。そして、台湾すべての特務課報機関は、ソビエトで留学した蔣経国の一手に握られていた。要するに、白色テロが行われた五〇年代からの中華民国の台湾は、特務情報公安機関が中心的な存在で、政治、司法を凌駕することになっていた。台湾の中華民国独裁者の強権政権でよく使われている、完全な特務による社会を抑圧、制御する政治体制が構築された。

当時、普通の人が保密局の手に掛けられると、そのまま行方不明となり、社会から蒸発させられることに等しい。この一事を見ても保密局の権力がいかに大きいか、その隠密性がいかに高いかが伺える。台湾大学病院の四人の医師は保密局に連行され、そのまま外部との音通を絶たされた。

蘇友鵬ら四人の医師は、その日に台湾社会から蒸発した。五月十三日、病院内での逮捕の噂は、ただちに病院と大学の医学院に広められた。幸いにも、当時蘇友鵬の叔父に当たる陳海国は医学院医科の四年生であって、逮捕の噂を聞いて、ただちに台南の実家へ電報を打って、その衝撃な出来事を家族に知らせた。そのため、蘇友鵬が行方不明ではなく、逮捕されたことが家族に知らされた。しかし、なぜ逮捕されたのか、その理由は誰も知る由はなかった。いくら考えても逮捕された原因はわからなかった。五〇年代当時、台湾各地はすでに粛清活動が動き出して、秘密の逮捕が続々と行われ、社会全体が恐怖に満ちていた。もちろん、親族一同は心配でならなかったが、どうしようもなかった。

彼ら四人は保密局の南所に着いてから、まずは入所の手続きを済まし、身元が確かめられた。そして身に着ている物を全部脱がされ、所持品の検査を受けた。この時、蘇友鵬の上着のポケットから一冊の本が見付けられた。魯迅の『狂人日記』であった。その北京語漢文の本は、上海の出版社が出版した物で、北京語の発音記号付きの本だった。蘇友鵬は北京語を勉強するために買ったのだ。偶々その日に蘇友鵬が上着のポケットに入れて診療室に置いていて、病院から連れ出されている際に、魏火耀院長が診療室に電話し、診療時に着ている白衣との交換のために婦長に持ってこさせたのが災いであった。北京語の勉強のために中国語のこの本を持ち歩くのがいけなかった。なぜなら、国民党政権は魯迅を左翼と認定し、共産党の支持者だけでなく、彼を共産党員と見なした。そして、魯迅が書いたすべての作品は共産党を宣伝する物として、禁制書と定めた。そして、禁制の本を持つこと、読むことは許し難い法律違反と定めた。蘇友鵬は『狂人日記』という禁書を所持していることが、後の判決の有力な証拠となったと信じられていた。ところが、判決書の内容を確かめた結果、有罪判決の理由にこの書籍のことは触れていなかった。

四人は検査を終えると四人服に着替えさせられ、それぞれ違う牢屋に入れられた。薄暗い牢屋に入って、後ろの鉄扉が閉められた瞬間、蘇友鵬の内心は驚きのあまり、心がぎゅっと震えた。蘇友鵬は暗い牢屋を見渡した。彼が押し入られた狭くて薄汚い牢屋は、数えて十三人が閉じ込められ、皆はもう新入りが入れられるのを慣れたと見て、誰一人も蘇友鵬を見ようとしなかった。一人だけ奥から立ち上がり、傷つけられた足を引きずりながら、壁伝いにゆっくりと蘇友鵬に近づいてきた。蘇友鵬は目を大きく開いて見つめると、先輩の郭琇琮医師だった。郭医師の両足は拷問で大部傷めつけられて、歩くことが非常に難しい状態だったが、目だけは煌いている。彼は蘇友鵬を見定めると優しく会釈して、何も言わずに牢屋の奥に引き返した。

蘇友鵬が閉じ込められた保密局の南所の牢屋のスペースは約二・五坪（八・三平方メートル未満）、中には十数人が収容されている。例えば、収容人数十人として計算すると、一人に与えられた床面積はわずか〇・八平方メートルの狭さだ。体の小さな蘇友鵬さえ身動きが取れないぐらいの狭い所であった。最初、蘇友鵬はあまりにも衝撃的な出来事に出逢い、精神的に凄く落ち込んでいた。与えられた乏しい食事をする気にもなれなかった。その時、同じ牢屋にいる劉特慎という難友がいた。劉先輩は一九四九年十一月八日に「高雄市工作委員会」の首謀とされ、逮捕された。彼は蘇友鵬をずっと励ました。後に、蘇友鵬は劉特慎先輩について、「劉特慎さんは本当に勇敢な台湾人であった。彼は私が食事をあまり食べないのを見て、私を慰め、励ましてくれた。劉さんが私に、『食事をしっかりとって、銃殺される時に返り血が死刑執行人に届くような元気な力を蓄えなければならない』と言った……」と、よく思い出して述べた。その劉特慎先輩は半年後の一九五〇年十一月十九日に銃殺された。

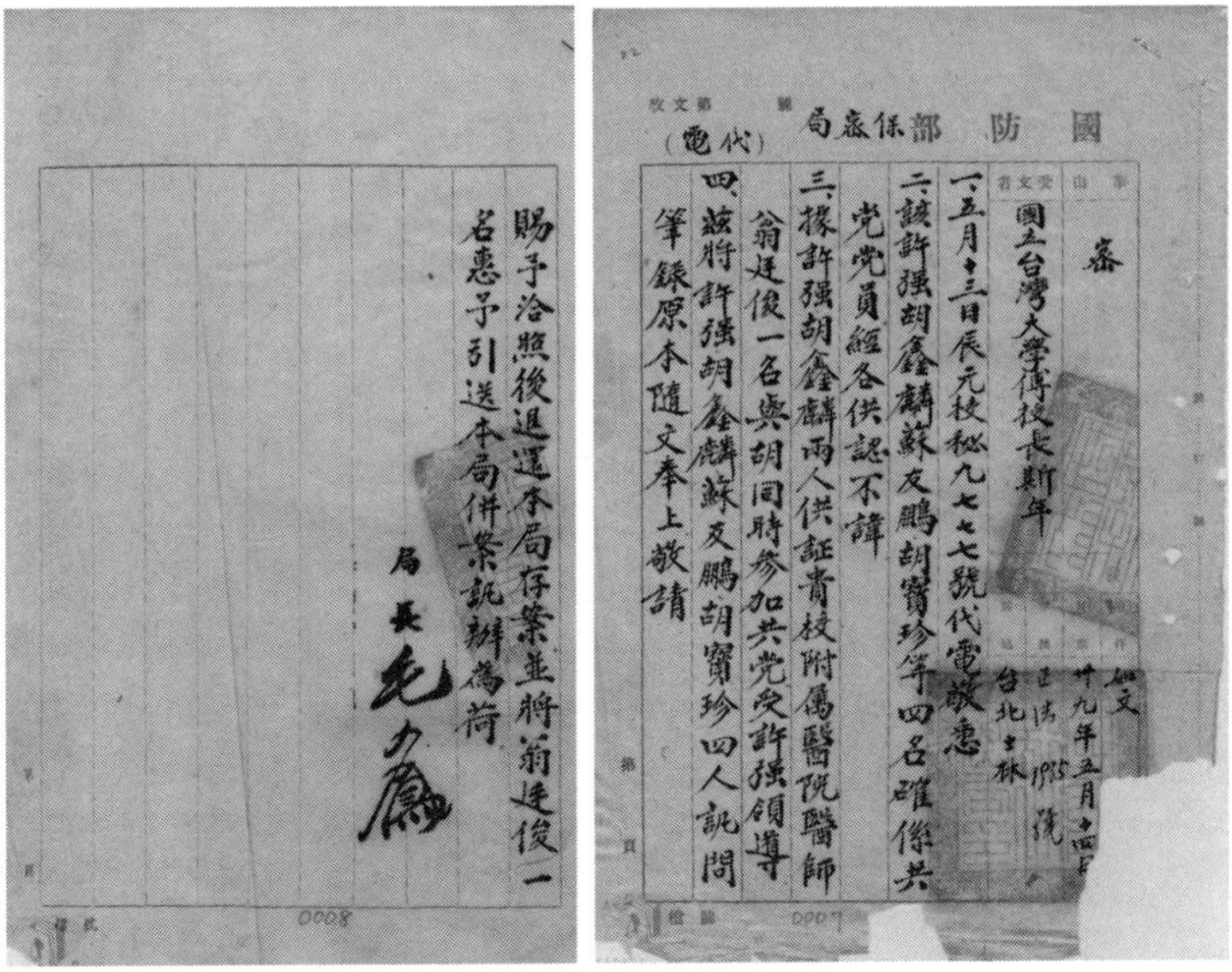
國防部保密局（代電）
受文者　國立台灣大學傅校長斯年
密
一、五月十三日辰元校秘九七七號代電敬悉
二、該許强胡鑫麟蘇友鵬胡寶珍等四名確係共党党員經各供認不諱
三、據許强胡鑫麟兩人供証貴校附屬醫院醫師翁廷俊一名與胡同時參加共党受許强領導
四、兹將許强胡鑫麟蘇友鵬胡寶珍四人訊問筆錄原本隨文奉上敬請
賜予洽照後退還本局存案並將翁廷俊一名惠予引送本局併案訊辦為荷
局長　毛人鳳

取り調べ結果の公文書

蘇友鵬と他の三人の医師が逮捕され、収容された日はそれで終わった。つまり、逮捕され、入所手続き、所持品検査、囚衣に着替え、別々の牢屋に入れられた。が、国家公文書ファイル管理局が保存している蘇友鵬の関連ファイルの中に、ある奇怪な公文書が見付かった。公文書は保密局から、五月十四日付（逮捕の翌日）、台湾大学の傅斯年学長宛の物であった。添付ファイルに蘇友鵬を含め四人の医師のそれぞれの尋問聴取書が付けられた。公文書に添付された聴取書の内容は、許強、胡鑫麟、胡寶珍、蘇友鵬が共産党に参加し、共産党の間諜であることを認めたと書かれている。尋問聴収書の日付は五月十三日、逮捕の日であった。蘇

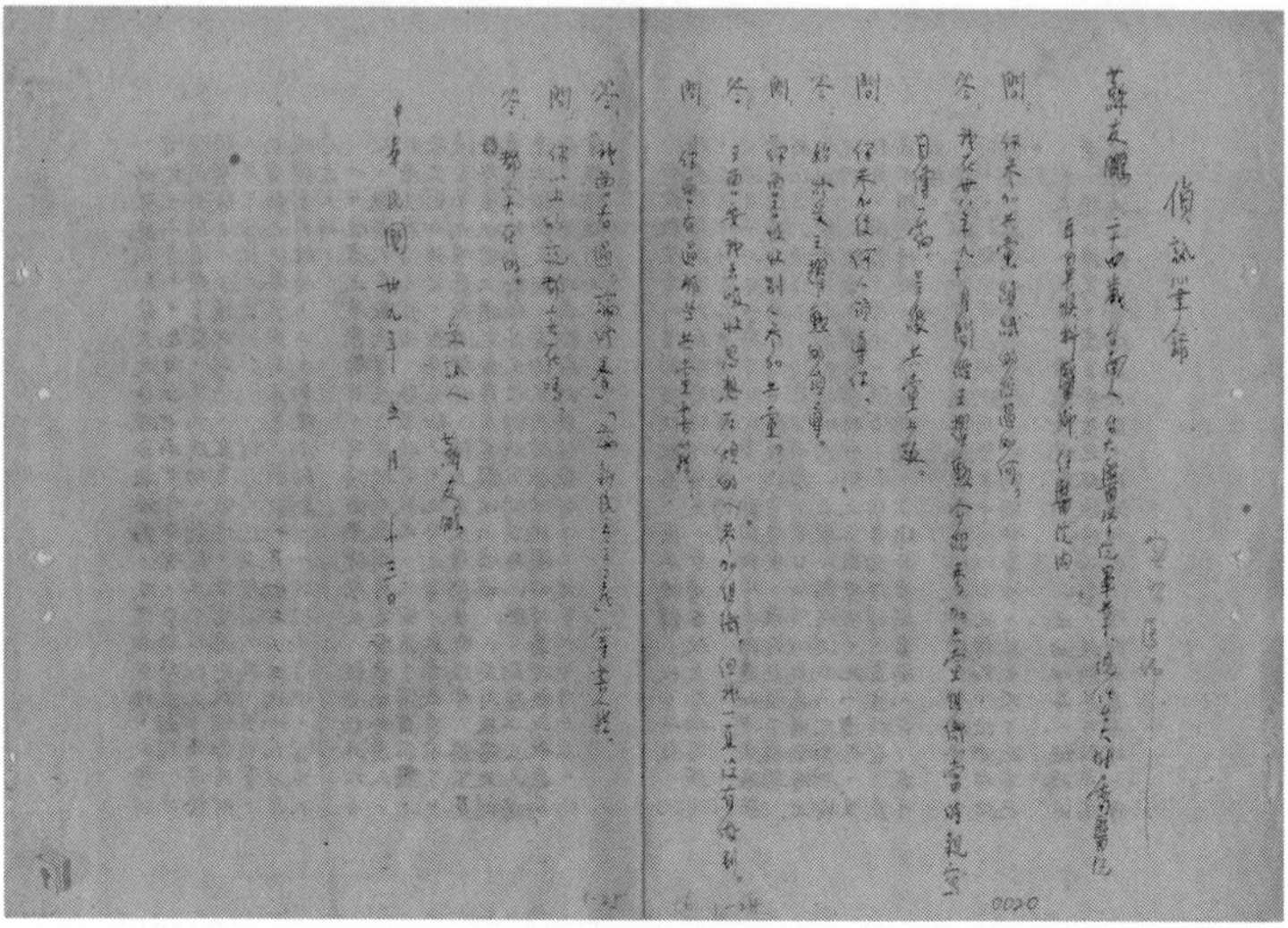
偵訊筆錄

取り調べ書

友鵬の記憶の間違いなのだろうか？　いや、蘇友鵬は逮捕された日のことをよく覚えている。忘れるはずがない。だとすれば、この公文書は一体どのような物なのだろう。一体取り調べはいつ行われたのか、調書はいつ書いて署名したのか、著者が調べてみると、入所手続きの時、蘇友鵬は自分の名前をある紙に記入したと証言した。だとすれば、公文書に添付されていた聴取書は偽造か？　七十年前、通信がまだ不便な時代に、土曜日の午後逮捕、入所、所持品検査、尋問、そして翌日の日曜日にすぐ公文書が発行されることができたという効率の良さは到底考えられない。しかし、真実を明らかにすることができずに、今では永遠の謎となってしまった。

没収された鉄工場が拘置所に変身

彼ら四人の医師が逮捕された五月十三日の一ヶ月後の六月二十五日、北朝鮮が三十八度線を越えて韓国へ侵攻し、朝鮮戦争が勃発。朝鮮半島は緊張した情勢になった。アメリカをメインとする国連軍は北朝鮮への侵攻に備え、緊急招集を発動した。そして、共産党の中華人民共和国が台湾海峡を渡ることを防ぐため、米海軍の太平洋艦隊（第七艦隊）が台湾海峡に進出した。台湾にいる蔣介石国民政府はこれを好機と見て、各地で「共産党間諜」逮捕の活動に出た。そのため、台湾各地の拘置所は一時、逮捕された人で溢れた。南所も逮捕された人で超満員になった。そして、蘇友鵬ら本来は監禁されているはずの「犯人」は、保密局の南所から現在の延平北路、台北橋の近くに新たに作られた北所へ移された。

保密局の北所は元々「高砂鐵工所」であり、辜濂松の母・辜顔碧霞女史が所有していた鉄工場だった。持ち主の辜顔碧霞女史は、呂赫若の案件に関りがあったという理由で逮捕され、その鉄工場が没収されて、一時拘置所に改造したのであった。したがって、数多くの政治犯は保密局の北所を「鉄工場」と呼んだ。辜顔碧霞女史自身も北所に収容された。北所は軍法処へ移送し、裁判を受ける前の中継留置地点とも言え、取り調べが行われ、尋問はもちろん拷問もあった。蘇友鵬ら四人の医師が拘留されていた南所は、新たに逮捕された人で溢れて収容しきれない状態になったので、北所に移された。北所の牢屋は南所と比べれば、それほど混まないが、やはり収容される人数が多かった。
蘇友鵬は北所に移された後に、先に南所から出された先輩の郭琇琮医師と再会した。郭琇琮はひどい拷問を受けて、散々苛められた。両足はほとんど歩けない状態にまで傷められた。それでも毎日は牢屋から出され、拷問を受けた。牢屋にいる蘇友鵬は、先輩郭琇琮医師が拷問を受けている叫びをよく聞いた。拷問の手段は残酷極まった。優しい蘇友鵬は、毎朝の牢屋から出されたわずかな洗面・洗濯の時間に、すでに歩けない先輩郭琇琮医師を背負って、牢屋から洗面所が設置されている庭へ行かせた。もちろん、拷問を受けたのは郭琇琮医師だけに留まらず、惨めな叫びは一日中牢屋に響いていた。床は傷から出た血痕でいつも汚された。残酷な暴力は毎日行われていた。牢屋は拷問を受けた人の呻きの声、近くの取調室から伝わってくる拷問の叫び声、拘置所はまさしく地獄のようであった。拷問の手段は色々あって、残酷極まった。拷問は男女を問わずに誰でも対象とされた。殴られるだけでは済まない。ある受難者は、指の爪が抜かれ、針で傷を指されることがあった。そのため、一生手の指はまっすぐ伸ばすことができなかった。ある受難者は、電気を体に通され、全身に麻痺を起こされた。女性受難者は裸で太い縄に座らせ、陰部を擦る。また、髪の毛を吊って殴る。さまざまな残酷な手法が記録されている。

ここで、拷問を受けた一人の先輩の証言を述べよう。郭振純氏、一九二五年（大正十四年）

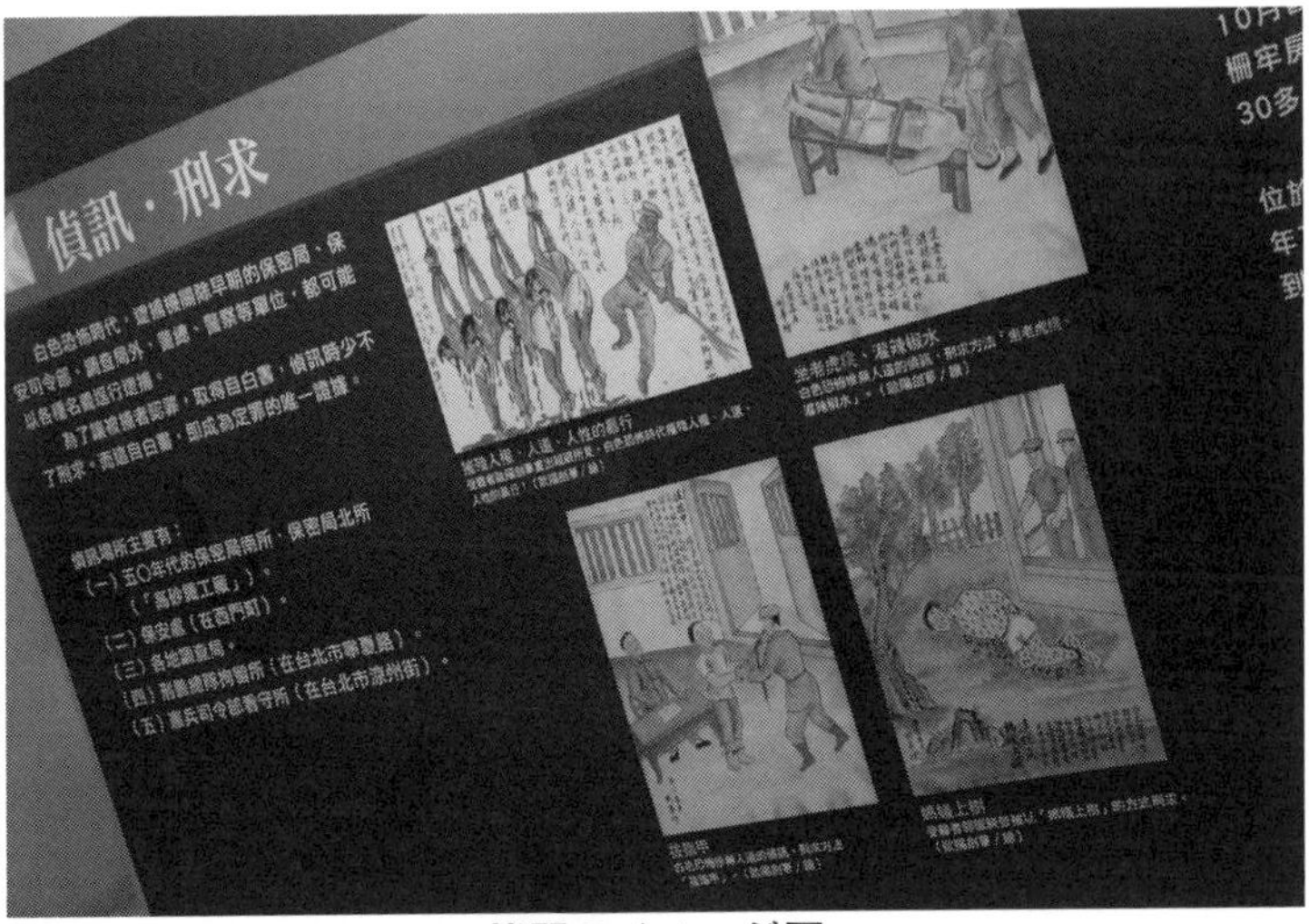

拷問のイメージ図

生まれ。終戦前日本の軍隊に入隊し、部隊は南洋へ派遣されたが、彼は士官幹部訓練を受けるために台湾の南部にいて、そこで終戦を迎えたのであった。二二八事件で逮捕され、軍用トラックで移送されている時に、うまくトラックから飛び降りて逃れた。一九五三年に再び逮捕されて、無期懲役の刑を受けたが、一九七五年の蒋介石逝去によって減刑された。二〇一八年五月にこの世を去った、享年九十三歳だった。

　逮捕された郭氏は最初よく殴られた。しかし、いくら殴られても郭氏は意地でずっと屈せずに耐えた。叫び声一つ出さなかった。その後、特務は彼の服を脱がせて裸にさせ、砂糖水を掛けてから、そのまま庭に放り出した。蟻が砂糖水に引かれ、体に上ってくる。蟻が分泌する化学物が皮膚伝いに体に沁み込み、体に痛みが走って、痙攣し始めた。そのまま放置すると死にいたることもある。郭氏は元日本軍という意地で、苦痛を堪えに耐えて、叫びをあげなかった。傍にいる人が見かねて叫び声を出したから、拷問していた特務が郭氏を解き放った。郭氏はそれで命が助かった。この刑の名前は「螞蟻上樹」と言われる。

もう一人の実例として、マレーからの留学生、陳欽生氏を挙げよう。陳氏は一九四九年マレーのKampong Simee, Ipoh, Perakに生まれた中華系のマレー人である。一九七〇年、十七歳の時に高校の友人の誘いで台湾へ留学し、十八歳で台南成功大学の化学工程部に進学した。彼は授業のない時に、よく台南市内にあるアメリカ新聞処で勉強をしていた。二十一歳の時に新聞処の爆発テロ事件の容疑者として逮捕された。調査局で取り調べを受け、散々拷問された。殴られて血を吐いた。調査局の特務に、無理やり吐いた血を飲まさせた。電気で生殖器を通電されたこともあった。陳氏は数回にわたって自殺を図ったが、失敗に終わった。その後、無実が判明したが、新たにマレーで中学校時代に共産党組織に参加し、台湾で共産党組織を広める任務を帯びているという出鱈目な取り調べ調書を書かされ、裁判で死刑判決を言い渡された。最終的には、国際組織の救援で十二年の有期懲役となった。釈放後、マレーへの帰国も許されず、路頭に迷って数年間のホームレス生活を強いられた。

蘇友鵬は北所に移された後、やっと初めての尋問を受けたが、幸い拷問にまではいたっていない（蘇友鵬は数少ない拷問を受けなかった受難者の一人だったのか、あるいは精神的な苦痛に堪えられなくて、拷問を受けた記憶を思い出したくないのか、真実はすでに蘇友鵬の逝去と共に永遠の謎となった）。しかし、彼自分の証言によると、北所で数回に渡って尋問を受けたことが明らかになっている。前にも言ったように、蘇友鵬が保密局の南所に連行された時、入所手続きの所持品検査が行われている際に、上着の内ポケットから魯迅の『狂人日記』という本が見付かった。国民党は魯迅を共産党と見なして、魯迅が書いたすべての本は共産党を宣伝する物だと見なし、「禁制書」にした。蘇友鵬が禁制本を持っていたことが重罪になることは間違いない。

特務が尋問でよく使った手法は、「飴と鞭」である。つまり、二組に分けて、一人は厳しい顔をして、いつも驚かす聞き方をしている。暴力を振る舞うこともしばしばあった。一方、一人は優しい顔をしながら、上手い言葉を使って、尋問される人を騙しては、あらかじめ用意した杜撰な調書に無理やり署名させる。あるいは、特務が教えた通りの内容をそのまま供述書に書き写す。取調書の内容は見せることもあまりせずに、ほとんどの人は何も知らないままに署名した。また、精神的と肉体的な虐めを受け、拷問が耐えられなくなって、言われた通りに書く人もいた。事実とかけ離れた無実、尋問の特務が欲しい出鱈目な内容を書かせられた。こういう尋問や拷問に耐える人は何人いるだろう。よく訓練された諜報工作員でない限り、まずは無理だろう。一刻も早く苦痛から逃れるために、最終的に屈するしかなかった。

「人権」というのは人の権利を指すが、人と見なされないとすれば、人権があるはずはない。ましてて、蘇友鵬らみたいに「共産党」、「間諜」、「反乱犯」などと蒋介石親子独裁者、国民党の強権政府から見なされている人は、「人」と思っていない節があるから、人権とは程遠い存在だ。

蘇友鵬が受けた尋問の内容は、所持している『狂人日記』についての質問ばかりだった。誰の紹介で書籍を買ったのか、どこで買ったのか、本を誰に見せたのか、誰と書籍の話をしたのか、等々。質問の内容は、何やら新たに人の名前を聞き出したいようだ。元々、蘇友鵬がその本を持っているのは北京語を勉強するためだから、特務の執拗な質問に対して、答えようがなかった。結果的に、蘇友鵬は拷問を受けずに済んだ。別な角度から見ると、すでに蘇友鵬の「罪」とその罪に対する判決は決められていたのかもしれない。したがって、尋問や拷問がなくても構わないのだろう（註：現在、政府所属の国家公文書ファイル管理局で保存している蘇友鵬関連の資料の中には、前記保密局から台湾大学の傅斯年学長宛て、一九五〇年五月十四日に発行した公文書に添付された尋問調書以外に、他の尋問に関する記録、尋問調書や自供書などは一切ない）。

ただ、一つ不可解なことがある。それは、魯迅の書籍は後に「禁制書」とされたのだが、その時はまだ正式に禁止されていなかったということだ。蘇友鵬が所持していた物は、上海の出版社が発行した書物であって、北京語の発音記号が付けられていて、当時台北市内の重慶南路の本屋で市販されている本なのだ。蘇友鵬がそれを持っている理由も、書籍の内容というより「北京語の記号」が付けられて、北京語を勉強するのが便利、それだけが持っている唯一の理由であった。市場で販売されている本を所持していることが重罪になるだろうか。

なお、なぜ執拗に人の名前を聞き出したいのか。考えられるのは、人の名前を聞き出せば逮捕につながり、特務の業績が上がり、その分の賞金も増えるからではなかったのだろうか。当時、独裁者は奨励制度を作った。人を逮捕すれば賞金が出る。人を有罪判決にすれば賞金が出る。人を密告、検挙すれば賞金が出る。さらに、担当者には業績のプレッシャーがあって、ノルマを達成しないと、昇進するところか、罰が与えられる恐れさえあるから、なおさら状況が悪くなる。すべて自分一人の私利にある。自分が掌握している政権の盤石化のため、政権体制のすべての人を利で操って、社会を鎮圧した。貪欲のために、台湾の白色テロ時代に、数え切れない無実、無辜の冤罪が続々と起きた。

実は、蘇友鵬が逮捕された後にある出来事が起きた。蘇友鵬の同門の先輩、かつ指導医の杜詩棉医師に関連することだった。先輩・後輩の親しい間柄で、杜先生はよく蘇友鵬の机から読みたい本を勝手に借りて、読んだ後に小さなメモ用紙に、「読んだ、ありがとう」と書いて、本に挟んで蘇友鵬の机に戻した。したがって、蘇友鵬が逮捕されたことで、杜先生はかなり動顛していた。なぜなら、後輩の蘇友鵬が逮捕されたから、自分の身にも累が及びかねないし、もし蘇友鵬の口から杜先生のことが特務に漏れたら、杜詩棉先生も唯ではすまなくなる恐れが十分あるからだ。幸い、蘇友鵬の口から、何一つ漏れなかったため、杜先生は何事もなく、台湾大学の付属病院で働き続けることができた。蘇友鵬が釈放された際には、杜先生はすでに台湾大学付属病院の耳鼻咽喉科の主任医まで昇進していた。そして、杜詩棉先生は自ら蘇友鵬の就職の保証人となって、就職を手伝った。これはずっと後のことだ。

青島東路三号（軍法処）

当時、台北市内に設置された主な拘置所は、保密局南所、北所、元東本願寺から改造された台湾省保安司令部保安処本部、そして、青島東路の軍法処などがあった。その内、青島東路三号と呼ばれる軍法処、正式な名前は国防部軍法処である。軍法処の任務は軍人の犯罪を審理、裁判、及び関連刑務所の運営を司どる部門である。

一九四九年五月二十日に軍事戒厳令が敷かれ、共産党とみなしている犯罪者の取り扱いも軍法に適していると定めたから、政治犯罪者に対する裁判も軍法処の業務になっている。

一九五〇年からの共産党狩りが進み、逮捕された者が一気に増え、軍法處では裁判を行う場所だから、すべての「犯人」は必ずここに移される。牢屋の収容人数が増加して、非常に混んでいた。

青島東路の国防部軍法処は日本時代の旧日本陸軍の倉庫であった。国民党政府が台湾に来てから改修を行って作られた。軍法処の拠点として使い、敷地内に軍人刑務所と一時拘置所を設けた。軍人刑務所は罪を犯した軍人を監禁する場所である。一時拘置所は裁判を受ける「犯人」（共産党、反乱犯など）を監禁する。拘置所の牢屋の仕切りは、平均面積が六坪で、収

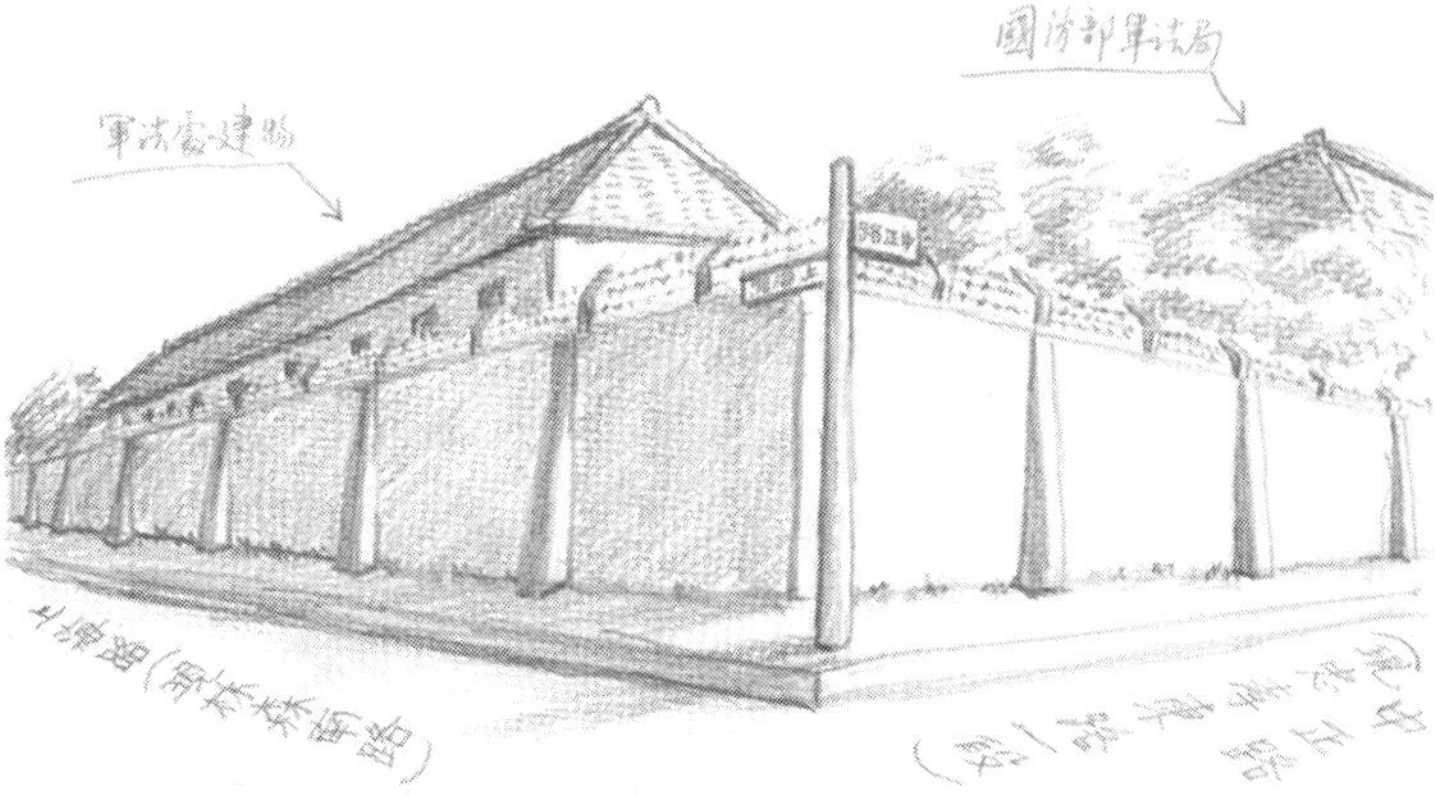

軍法処
（陳孟和描き、提供）

容人数は約三十数人だった（一人が与えられるスペースの平均面積は〇・六六平方メートル）。そんな狭い空間に収容され、床に座ることさえ難しく、夜の就寝時間は交代で寝ることにしていた。つまり、一部の難友は横になって就寝し、他の難友は周りの壁伝いに蹲《うずくま》っている。そして、二時間ごとに交代して就寝することになる。スペースが足りないので、そうしないと、とても寝ることができないのだ。人と人とは胸と背中と合わせて寝ることで、牢屋は完全にいわしの缶詰のようにぎしぎし詰め込んで、被害者を閉じ込めていた。夜中に小便で起きたら、自分の寝場所はすぐ隣の人に占領されて失った。青島東路三号は日本陸軍の倉庫として作られたので、窓は多くなかった。たくさんの牢屋を仕切って人を入れると、空気の流れも悪く、夏には閉じ込められた人の体から出た脂汗、牢屋の隅に置かれた便桶で悪臭が漂い、受難者たちは上半身裸の半パンのみで、牢屋は蒸籠のように暑い。いつからか受難者は、ある思案を考え出した。毛布を牢屋の上の柱に掛けて両側に縄を繋ぎ、人が引くことによって、団扇のように空気の流れを求めた。

監禁されている牢屋の酷さについて、同じく受難者の一人、蔡焜霖氏[1]はこう証言した。

「牢屋の隅に小便桶が置かれている。牢屋の新入りはその桶の傍に与えられるのが慣習である。私が牢屋に入れられた時、ある外省人の中年男が私に『今日から桶の傍が君のいる場所だ』と言った。一日中その臭さに耐えることで本当に精いっぱいだった。初めての夜、人が小便をしていると、その飛沫が私の顔に飛んできて、一晩寝ることができなくて、私はずっと泣いた。翌日その中年の男が私に、『今度寝る時に、ハンカチを顔にかぶせるように』と勧めた」

拘置所の環境が悪いのは述べたが、食べ物はどうだろう。一日に与えられるのは二食が決まりである。朝食は、お米を研いだ泥水のような、薄いお粥が支給される。おかずは塩で茹でたピーナツがほとんどで、一人十粒ぐらいのピーナツが与えられた。これではお腹を満たすことが難しいので、受難者たちはピーナツを茹でた塩の汁を薄いおかゆに入れて食べて腹を満たした。そして、夕食はご飯が出るが、砂が入っているご飯であった。おかずは腐った野菜の葉っぱスープだった。スープの中には、わずかな豚の脂肪がスープの上に浮いていて、栄養分はまったく考慮しない大変粗末な食事であった。幸い、拘置所に移された受難者は、

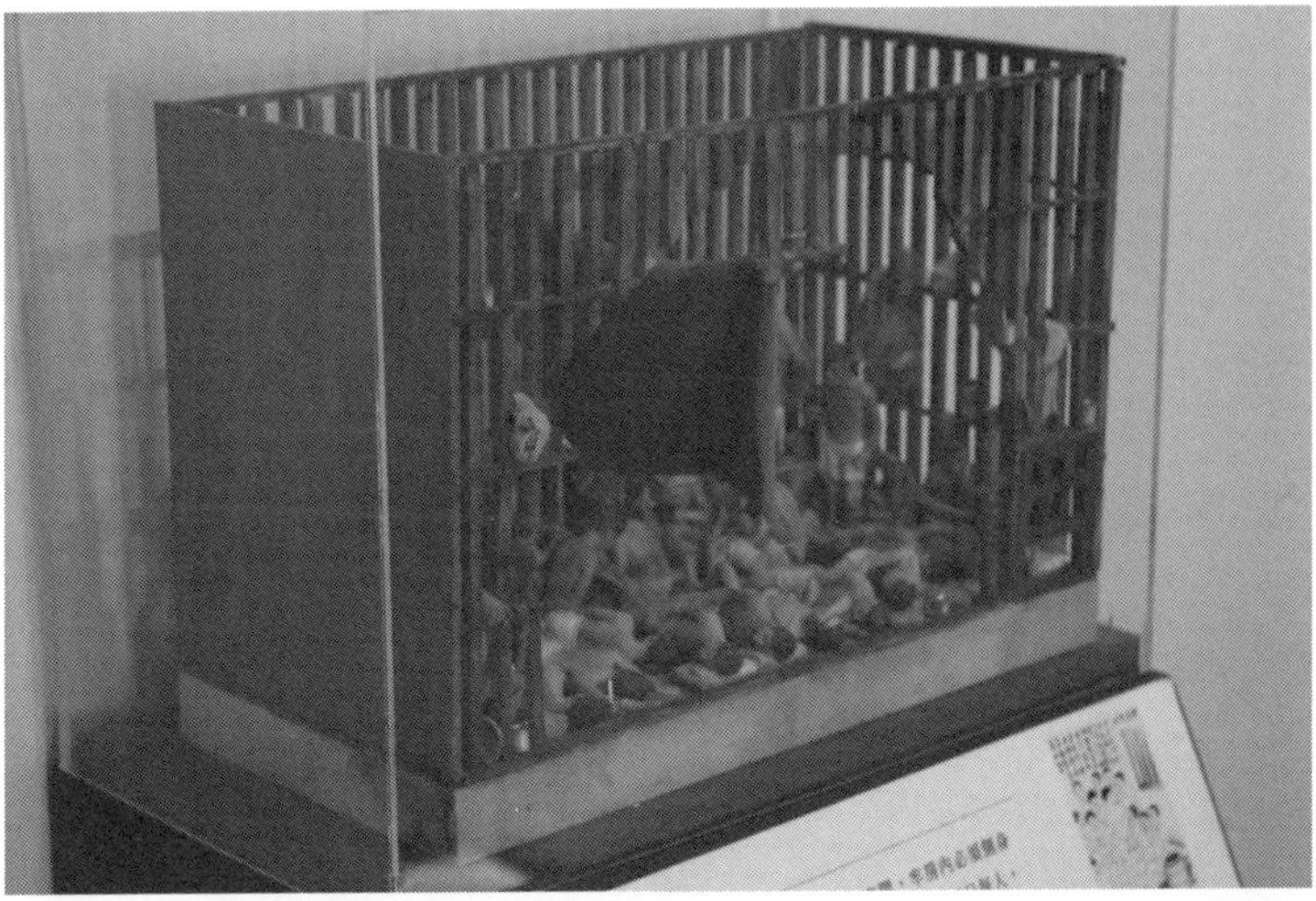

軍法処牢屋のイメージ

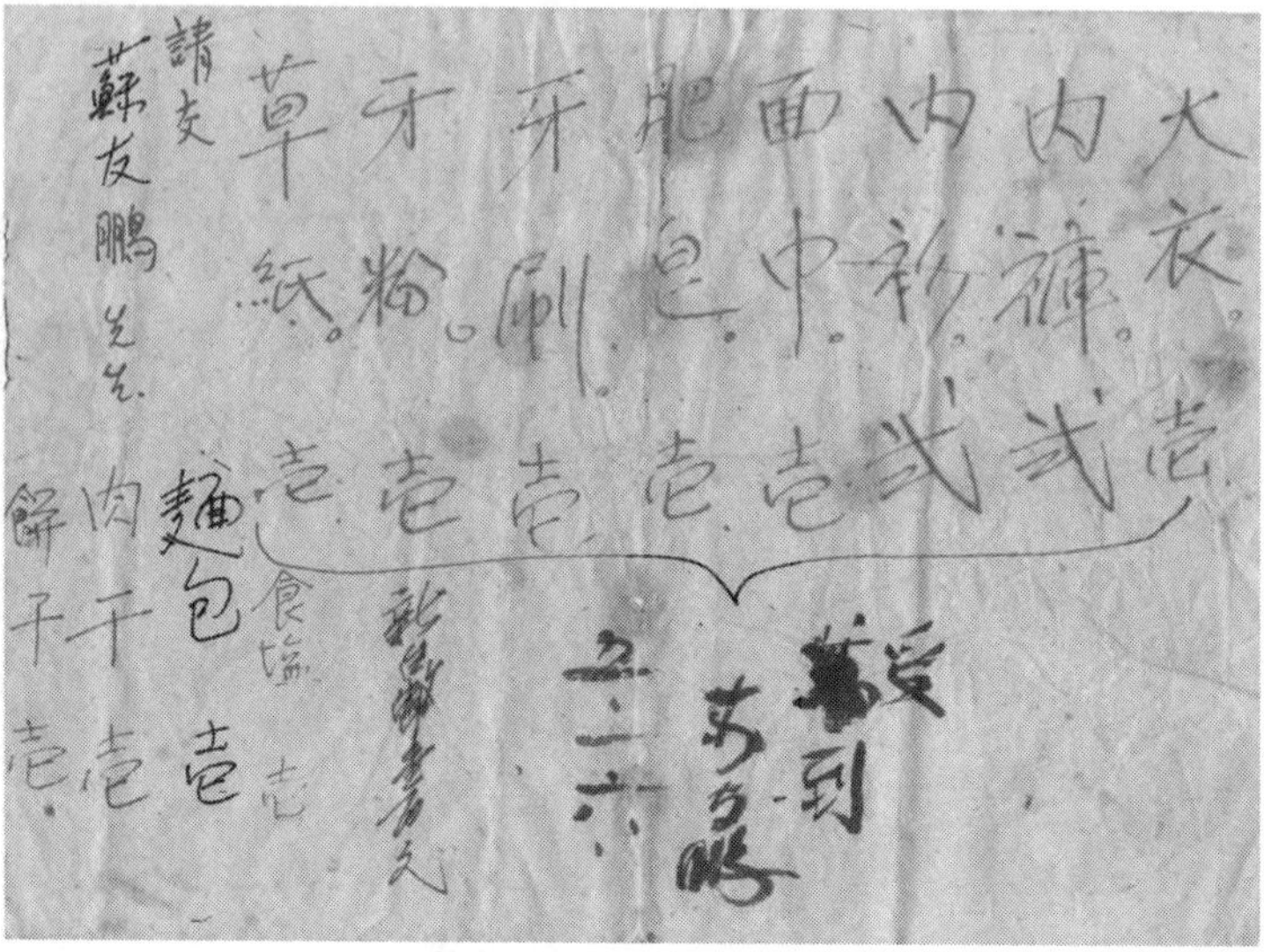

蘇友鵬への仕送り明細

たまに家族からの仕入れがある。もらった人は同じ牢屋にいる人に分け合って、皆で一緒に食べた。台湾大学の傅斯年学長の特別な計らいで、胡鑫麟先生の奥さんがよく食べ物を届けてくれた。肉鬆（豚肉のふりかけ、そぼろ）、缶詰など保存できる食べ物が届けられた。また、胡先生の大好きな焼き米粉（お米で作った細い麺）は必ずあった。胡先生はいつも惜しまずに、同じ牢屋に受難者に分け与えた。こういう食べ物は、蘇友鵬ら受難者たちにとって、拘置所の中の毎日の食べ物と比べると、大変な御馳走であった。そして、栄養不足の拘置所のわずかな栄養補充ともなった。蘇友鵬の父・蘇火種は、数回台南から台北に来て、拘置所に閉じ込められている息子の蘇友鵬に面会に来たが、面会の許可を得たのは一度きりだった。叔父に当たる陳水鏡医師も台北に面会に訪れたが、許可されなかった。面会は許されなかったものの、届け物は検査された後、無事蘇友鵬に届いた。もちろん、蘇友鵬も届けられた食べ物を皆に分け合った。届けられた物は、食べ物以外に生活用品もあった。下着、石鹸、歯ブラシ、歯磨き、ちり紙などであった。極普通の基本的な生活用品で、ぎりぎり最低限の品物であった。

茶番劇の裁判…起訴書ない、弁護人いない、弁論もない

四人の医師が逮捕されてから半年くらい経った十一月初旬、蘇友鵬らは青島東路三番地にある国防部軍法処の一時拘置所に移された。この半年の間、台北市内何箇所の一時拘置所に何回も回され、訳のわからない毎日だった。

監禁される場所こそ違うが、狭い牢屋での生活はあまり変らず、時間に対する感覚が鈍くなってしまった。はっきりわかっていることは、牢屋が変るたびに一緒に閉じ込められる人も変わることだ。しかし、先輩の郭琇琮医師と許強医師の二人は、北所以来もう会うことがなかった。このことだけは確かであった。

蘇友鵬自身こそなかったが、難友が拷問を受けて、傷められた難友の身体を見ながら、うめき声を絶えず聞いていた。難友で埋められた狭い牢屋の生活、暑くて空気を通さない息苦

しい中で、時間に対する感覚は鈍くなってきた。先輩の郭琇琮の足が傷だらけで、歩くことさえ難しいのも、つい昨日のことのように鮮明に瞼の中に記憶している。彼らはやることもなく、毎日暇を持って余しながら、生きがいは何もなかった。

そんなある日の午後、蘇友鵬、胡鑫麟、胡寶珍の三人の医師は、他の数十人と一緒に、法廷のように作られた部屋に連れ出された（蘇友鵬は連れ出された日付ははっきり記憶してなかったが、残っている記録の日付は十一月二十八日だった）。

法廷の前方に高い裁判台が置かれ、真ん中に裁判長が座り、その両側は検事や判事が座っている。弁護人はいなかった。

蘇友鵬ら一人ひとりの名前が呼ばれて、前に進んで一列に立たされていた。裁判長は改めて彼ら一人ずつの名前を読み上げ、それぞれ判決を下した。蘇友鵬、胡鑫麟、胡寶珍の三人の医師は、それぞれ十年の有期懲役を言い渡された。罪名は「反乱組織に参加した」であった。判決が下されて再び牢屋に戻された。この裁判で蘇友鵬らの一生の運命が変えられた。正式な罪人となったのだ。

裁判といっても起訴書はない、証拠はない、弁護人はいない、もちろん弁護もない。実は、審理さえ行われていなかった。裁判というより、裁判の模様を真似した茶番劇であった。判決の証拠は、尋問や拷問で取られた調書、自供書などの内容をそのまま採用したものだった。判そして、取調べ調書や自供書などと言っても、本来騙したり、脅かしたり、無理やり書かせたという杜撰な物であった。その取調べ調書が判決の根拠となった。独裁政権が見せかけの偽裁判の茶番劇としか言いようがなかった。民主国家と自称・自賛している中華民国が二十世紀の一九五〇年代に台湾で行っていた、荒唐無稽な裁判の茶番劇であった。

十年有期懲役は〝めでたい〟

判決が言い渡された後、蘇友鵬らは再び牢屋に戻された。もちろん、同じ牢屋の難友たちは判決の結果に強く関心を持っている。彼らは急いで裁判の結果を質問した。「判決はいかがでしたか?」と蘇友鵬らに聞いた。「十年有期懲役です」と蘇友鵬が答えた。同じ牢屋の人は十年の有期懲役と聞いて、口を揃えて「おめでとう」と言う。そう、「おめでとう」だった。なぜ十年の有期懲役がめでたいのだろうか?　要するに、十年有期懲役とは、死刑から免れられたということで、命拾いしたということであった。命さえ残れば、いつかは希望が叶えられるということである。

一緒に逮捕された先輩の胡鑫麟主任医、胡寶珍医師もそれぞれ十年の有期懲役の判決を受けた。

判決当日、先輩の郭琇琮医師と許強医師の二人に会うことはできなかった。後でわかったことだが、判決の前日の早朝、許強医師と郭琇琮医師と他の十二人、合計十四人はすでに台北市の馬場町の刑場に連れて行かれ、処刑（銃殺）された。

判決が下された一ヶ月後の十二月二十八日、正式な判決書の写しが蘇友鵬の手に渡された。蘇友鵬の罪名は「反乱組織に参加した」（国民党は、共産党は反乱組織だと名指した）なのだ。現存の記録によると、一九五〇年五月十三日に逮捕され、九月七日に軍法処の判事鄭有齡氏が台湾省保安司令部《(39)安潔字第二二〇四号》判決書を発行、この判決書に名前を連ねた人数は合計四十九人であり、そのうち郭琇琮、許強、呉思漢、王耀勳ら計十四人が「意図的に国家体制を破壊し、共同で違法手段を使い、政府を転覆することを遂行したことにより死刑を処し、並びに永久に私権剥奪」との判決だった。さらに「彼らの財産は、家族の生活に必要最低限を除き、すべて没収する」であった。九月二十一日、台湾省保安司令部はこの判決書を承認するために国防部へ提出した。十一月二十五日、国防部は《(39)勁助字第一〇三九号代電》を下し、判決を承認した。死刑の処刑遂行日を十二月三日と定めた。しかし、実際の処刑は十一月二十八日に行われた。承認手続きなど、すべて見せかけの茶番劇である。

蘇友鵬に関する判決書の詳細は以下の通りである。

《判決事実、一九四九年九月に、王耀勳の吸収に応じて、反乱組織に参加した。判決を決めた理由はただ一つ、蘇友鵬は自らの供述で、反乱組織に参加したことを認めたのだ。なお、調べたところ、他に活動がないから、法律に従い、軽い罪を処した》（有期懲役十年は軽い刑？）

判決書には、自分の供述書以外に証拠はない。証人もいない。オリジナルの起訴書はない。弁護人はいない。もちろん、裁判は判決の宣告以外に何もない。

判決の唯一の根拠は供述書しかなかった。忘れてはいけないが、判決が依拠するすべての供述書は「拷問や騙し」（完全に不法手段）によって無理やり書かせ、署名捺印させて、取られたものであって、何の信憑性があろうか。粗末というより、理不尽の荒唐無稽だ。

しばらく経ってから、蘇友鵬らは青島東路三番地の軍方処一時拘置所からまた別な所へ移された。新店にある映画館から改造した拘置所だ。この映画館も持ち主が逮捕され、その財産の映画館が政府に没収されて改造されたものなのだ。

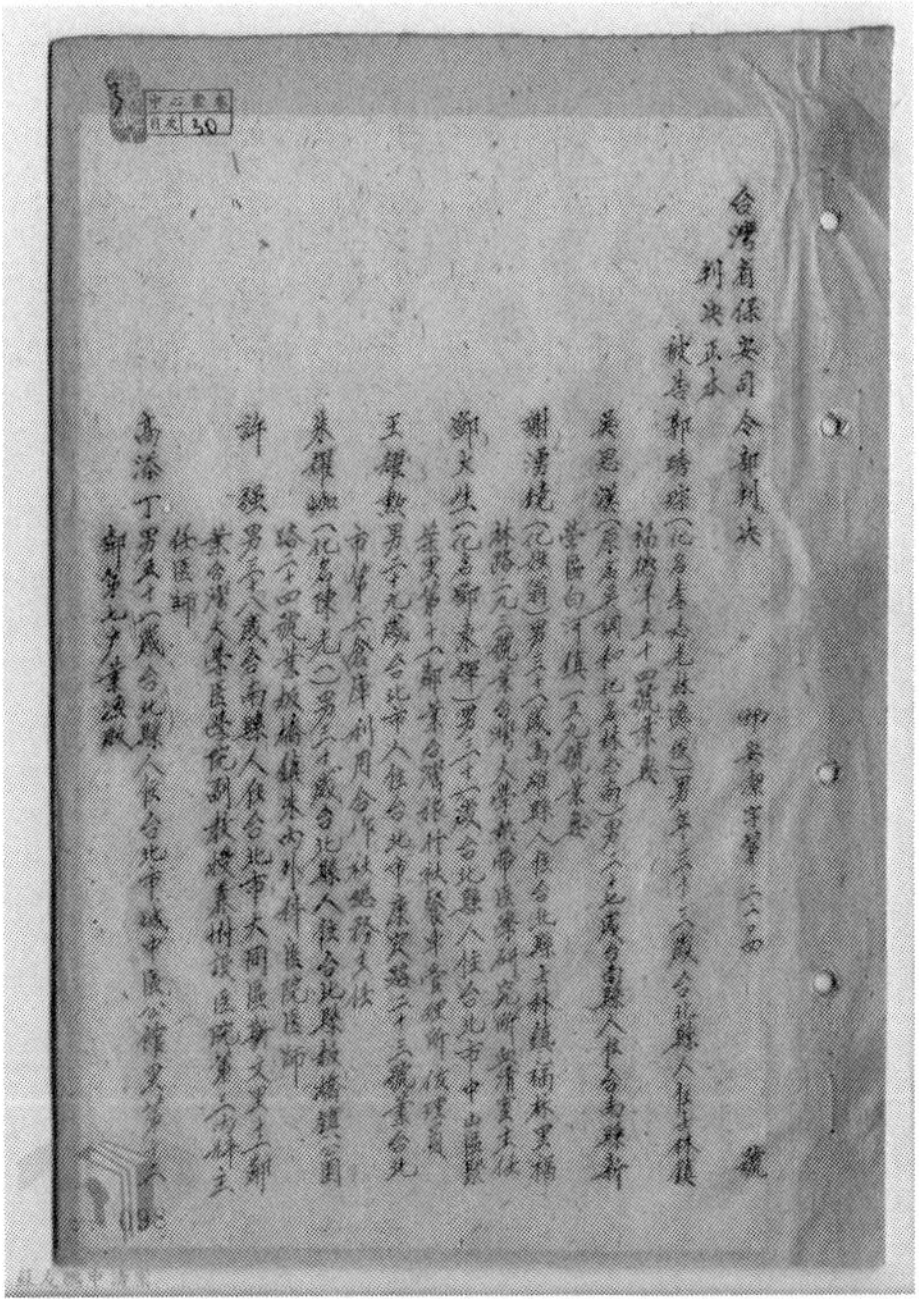
台灣省保安司令部判決
判決正本

判決書

朝鮮戦争が勃発し、アメリカは中国共産党の台湾海峡への進出を防ぐため、海軍の第七艦隊を台湾海峡に派遣したのを機に、国民党を率いる蒋介石による台湾での独裁政権が安定だと見定め、台湾社会へ弾圧粛清活動を強めた。そのため、台湾各地の刑務所、拘置所は逮捕された人で満ちて、没収した建物を急いで改築して、強制収容所に変えた。新店の一時拘置所もその中の一つであった。しかし、映画館の前方に舞台があり、高さは約一・五メートルで、空間は狭いが、その下にも人を入れた。立っていられない場所であった。苦しくても、とりあえず生き残ることができたことが幸運の時代だった。当時、「生」と「死」とは判決書のひとつの文字の違いだけで、紙の一重の距離しかなかったからだ。

なお、十一月二十九日の新聞紙《中央日報》を初め、台湾の各主要な新聞紙に大きな記事が載せられた。「許強等十四名の「潜台匪諜」昨晨槍決」（昨日の早朝、許強など十四名の台湾に潜伏している共産党間諜が銃殺された）。正式な判決が出される前に、十四人が簡単に銃殺された。人間の尊い生命を虫けらとも思わない、独裁政権の残虐さが思い知らされた。

胡鑫麟先生は後に思い出として述べた言葉がある。

《もう日付は忘れた。長らく監禁されて時間の概念はもう失った。ある日の午後我々は法廷に連れ出されて、一列に立たされ、ある軍法裁判官のような人が前に立って、「何某、何年懲役だ。何か言い残すことがあるか」と言った。「許強は今どうされていますか」と私が聞いた。私たちはすでに許強と離され、現況を知らないから質問をしたのだ。裁判官は「国はあの人を生かすわけにはいかない」と答えた。すでに同じ日の早朝に銃殺されたのだった》

（胡慧玲女史取材収録文字構成、玉山社、一九九五年出版、『《島嶼愛戀》の《医者の道》』より）

銃殺された十四人のうち、医師が五人もいた。一九五〇年十一月二十八日に、十四人の尊い生命が奪われた。一つしかない命だ。十四の家庭は大事な家族を失い、壊された。その十四人は、人の子であり、兄弟であり、夫であり、父親であった。本当に酷いことだった。独裁者の目は、統治されている人を本当に「人」と見ているのだろうか。判決を下す者が簡単に人の命を奪うのだ。人権とは何か。人だと見なされてないとすれば、人権はあってなきに等しい。なお、当時、蒋介石はよく判決を変更した。刑を軽く変えるのではなく、本来の判決よりさらに厳しく罰す変更だ。十五年の懲役や、無期懲役を勝手に死刑に変更することはしばしばあった。昔、中国の皇帝はよく臣下に死を賜った。司法官ではない独裁者の蒋介石総統の手で、赤い鉛筆で数文字を付け加えるだけで人の命を易々と絶った。裁判はあってないに等し

匪諜十四名正法
郭琇琮等潛匪本省密謀叛亂
國法難逃無一倖免

保部服務處接獲密告
一匪諜潛台

吳・國・楨
昨接見五警局長

銃殺の新聞記事

いのだ。古代の帝王のように人に死を賜った。殺す理由は、国家・政権を安泰するという大義名分だが、実際は自分の権力の座を盤石に安泰させるためでしかなかった。中国での内戦に負け続け、やむを得ず台湾に逃げ込んできて、自分や国民党の敗戦原因を反省するどころか、逆に暖かく彼を迎え入れた台湾社会を、力すくで残酷極まりなく粛清してた。近年公開された蔣介石の日記には、台湾に逃れてきてから反省することが多く綴られていることがわかった。しかし、自己反省というより、他人を反省するものばかりであった。何もかも他人の誤り、部下の問題で、敗戦はすべて周りの人のせいだと書いてあった。自分の責任については一言も触れていない。そして、疑心暗鬼の精神状態になった。「寧可錯殺百人、也不放過一人」(間違って百人を殺しても、一人を逃すな)との蔣介石の精神的な病が、台湾社会を悲惨な淵に陥れた。独裁者一人のために、政権全体が一つの加害体系になった。台湾社会全体がその体系での犠牲者となったのである。

早朝の死の点呼 (Death morning call)

一九五〇年十一月二十八日の早朝未明、青島東路三番地軍法処所属の拘置所の分厚い鉄の扉が開かれた。錆び付いた扉が開いている時に、キシーキシーという音が、寝静まっている拘置所に響き渡っていた。牢屋にいる受難者は皆その音に驚き、起こされた。憲兵のブーツの音は廊下から伝わってきて、牢屋の前に止まった。蘇友鵬と同じ案件の許強医師、郭琇琮医師、謝湧鏡主任、呉思漢、王耀勳、鄧火生、朱耀珈医師、高添丁、張國雄、盧志彬、劉永福、蘇炳、李東益、謝桂林医師、合計十四の名前が呼ばれた。彼らは牢屋から中庭に出され、縄できつく体を縛られ、背中に木の名札が差され、軍用トラックで馬場町へ運ばれた。馬場町は日本時代の騎馬場で、白色テロ時代には銃殺の処刑場として使われた悪名高き場所である。そのまま現在にいたるまで名前が残っている。

死の点呼イメージ

馬場町で、改めて犯人の身元が確かめられ、写真を撮られた。憲兵第四団の兵士が小銃を構え、一人ずつ胸に当てて引き金を引いた。一人三発だった。皆が着ていた白いワイシャツは、すべて受難者の劉明が予め用意したものだった。その真っ白なワイシャツは真っ赤な血で染められた。現場にいた監視役の士官は、朝霧で濡れた泥に倒れた死体の写真を改めて撮った。その日は郭琇琮医師三十二歳の誕生日だった。

なぜ処刑前と処刑後に、それぞれ一枚ずつ写真を撮るのか。それは蔣介石の命令であったからだ。処刑前後に撮った二枚の写真は、処刑を遂行した憲兵が軍法処へ提出して、国防部経由で総統府に送られた。蔣介石はその二枚の写真によって、処刑が確かに行われたことの最終的な確認を自身でしたいのだ。元首である蔣介石がここまで執拗に確かめるのは、精神的な病があったからだろう。自分の部下でさえ信用できないとも言えよう。

処刑を担当したのは、いつもの憲兵第四団の兵士であった。許強医師らは皆、難友の劉明氏が用意した真っ白なワイシャツを着用した。馬場町へ連れ出されている時に、許強医師は軍用トラックの中で皆を率いて「国際歌」を高声に歌っていた。そのため、トラックを運転している兵士は、彼らの勇敢な心構え、その理想溢れる意地に驚き、堤の斜面にぶつかって事故を起した。

許強医師らが処刑された後、血で染められた白いワイシャツ姿の死体の処理作業は許されず、数日間馬場町の芝の上で朝露に洗われ、日差しに照らされ、放置されたまま、見せしめの晒し者にされた。二十世紀の半ばになっても、死体を晒すことが台湾で行われたのだ。残酷かつ野蛮な行為ではないだろうか。

確かに判決書の処刑の日付は十二月三日と定められたが、なぜ五日も前倒しにして処刑を行ったのか。その理由はどこにも見付からず、今日なお完全な謎である。また、この日の処刑に関しても家族への通知はなかった。だから、翌日の十一月二十九日に判決が下された時、胡鑫麟主任医は裁判長に「許強先生はどこですか」と聞いたのだ。その質問に対して、裁判長からの返事は「国はあの人を生かすわけにはいかない」だった。しかし、すでに殺されていたのだった。[2]

当時、処刑された受難者の死体は、台北市内唯一の葬儀社である極楽葬儀社が処理することになっていた。極楽葬儀社は処刑された死体を処理する権利を持っている唯一つの葬儀社だった。極楽葬儀社は処刑された死体を会社へ運び、ホルマリンの池に漬けて、受け取る家族を待つことになっている。独裁政権は処刑が行われる度に、新聞紙に死刑・処刑の記事を大きく載せる。そして、台北駅の掲示板にも死刑が行われる知らせが貼られる。これは社会へ恐怖感を与える手段の一つであった。さらに政府は、犯人が死亡した通知を家族にも郵便で送る。しかし、混乱した時代に、郵便物が必ず家族に届けられるとは限らない。その知らせがなければ、死体を受け取ることはできない。また、知らせを受けた家族は、死体を受け取る期限よりも遅れたため、受け取ることができなかったことがしばしばあった。もう一つ、社会全般の雰囲気で受け取ることが億劫など何らかの理由で、死体を受け取ることを断念した家族もいた。

そして一番酷いことは、死体を受け取る時には死体の処理費用を支払わなければならないことであった。処理費用は処刑で使われた銃の弾の数で計算する規則になっていた。計算式は、死体の傷の数で計算するのだ。当時は小銃を使うから、近距離だから貫通することが多い。普通は二発か三発を撃つ。だから、死体は四から六ヶ所の傷がある、一ヶ所は百元で、合計四百元から六百元の処理費用を払わないと死体を受け取ることができない。当時、下級公務員の月給の相場が百元から二百元程度で、死体を受け取るためには、数ヶ月の給与が必要になる。この費用を支払うことができない遺族もいる。かつ、死刑の判決を受けた政治犯の財産はほとんど没収されたから、なおさら支払いが難しい。

死体の処理費用は、とんでもない強盗行為であった。死刑を受けた人の財産は没収され、さらに桁外れの高額な処理費用が要求される。普通の人は家族の死体を受け取りたくても、簡単に受け取ることができない。政府は処刑された人のすべてを絞り上げる。極端な話だが、家族さえ生き残ることが許されないくらいに搾取するのだ。さらに、一部中国から単身で台湾にきた人もいて、受け取る家族がいるわけがなく、当然そのまま受け取る人がいない死体となった。

受け取り人のない死体は、その後どう処理するか。当時はよくそれらの死体は軍隊所属の国防医学院へ運ばれ、医学生の解剖対象として使われた。あるいは、台北市の六張犁の墓地へ運ばれ、簡単に埋蔵する。近年、六張犁の墓地で多くの遺骨が発覚され、その墓地は現在一つの白色テロの記念地ともなっている。

十一月二十八日、その日に限って、許強医師ら十四人の死体はついに処理が許されず、朝霧に濡れた泥の上に放置されたまま、晒し者になった。なぜならば、許強医師は軍用トラックの上で、皆を率いて高声に国際歌を歌ったからだ。その意地の強さがトラックを運転している兵士を驚かせ、事故を起こしたからだ。

五〇年代の青島東路三番地の軍法處の一時拘置所に閉じ込められた政治被害者は、皆早朝の死の点呼を体験した。未明の早朝に厚鉄の扉の軋む音で起され、自分の名前が呼ばれるのではないかと恐る恐る待つ毎日であった。誰が呼ばれるのかは、知るよしもなかった。呼ばれた人は、その日に尊い命が絶たれるということを皆わかっていた。一部の人、自分は多分死刑から免れないと思う受難者は、自ら早朝起きて、まずは体を手ぬぐいで清め、服を正して着付けて、点呼を待っていた。点呼が終わった後に、自分が呼ばれなかったら、今日は死ななくて済むと、着ていた服を脱いで畳み、翌日またそれを繰り返すという日々が続いた。

悲惨な朝であるが、一つ特記すべきことがある。当時、死の点呼を受け、名前を呼ばれて死への道を歩き出した人で、死を恐れて歩けない人は一人もいなかった。これは現在存命中の元政治受難者全員が証言している。もちろん、死にに行くのだから、ある人は顔が蒼ざめていたが、ほとんどの人は同じ牢屋の仲間に挨拶をしてから、牢屋を後にした。また、ある人は勇敢に高声で「祖国万歳」を叫び、死と直面して出かけた。彼らは理想を持って、いつか台湾社会に公平、正義が訪れることを願って、胸を張って堂々と処刑を受けた。彼らは、自らの尊い命を犠牲にして、台湾の悲惨な戦後史の証人となった。

死の点呼が続いている。いつからか、受難者が牢屋から出されている時に、牢屋に残されている仲間が送別の歌を歌い始めた。牢屋に残る仲間は《安息歌》を歌っていた。歌は牢屋より次第に伝わっていって、あっという間に拘置所に残る政治受難者全員が歌っていた。「安息吧 死難的同志，別再為祖國擔憂。你流的血 照亮著路。我們會繼續前走……」（安らかに休みなさい、わが亡くなっていく同志よ、もう祖国への心配は要らない、君が流した血が道を照らしている、我々は続いて邁進する。……）この荘厳かつ緩やかな歌が拘置所に響き渡った。死に向かう仲間を見送るのだ。拘置所に残された仲間同士が受難者に対して、唯一できることであった。

その後、《光明報案件》で逮捕された基隆中学の校長、鍾浩東先生は死刑を免れないと覚悟して、皆にお願いをした。自分が死の点呼を受けて出かける時に、「安息歌」ではなく、「幌馬者の歌」を歌ってくれと頼んだ。なぜ「幌馬車の歌」なのか。鍾校長先生に曰く、「幌馬車の歌」が彼の故郷の田園の景色を思い出させるし、また彼が結婚前に、奥さんと付き合っていた時に、奥さんにこの歌を教えて、よく二人で一緒に歌っていたからだ。鍾浩東校長先生は、「幌馬車の歌」で自分の人生に別れを告げたいと思っていた。そしてとうとうその日が来た。鍾浩東校長は死の点呼を受けた。そして、鍾先生が牢屋を出る前に、同じ牢屋にいた仲間たちに、一人ずつ礼儀正しく挨拶をしながら、握手して別れを告げた。

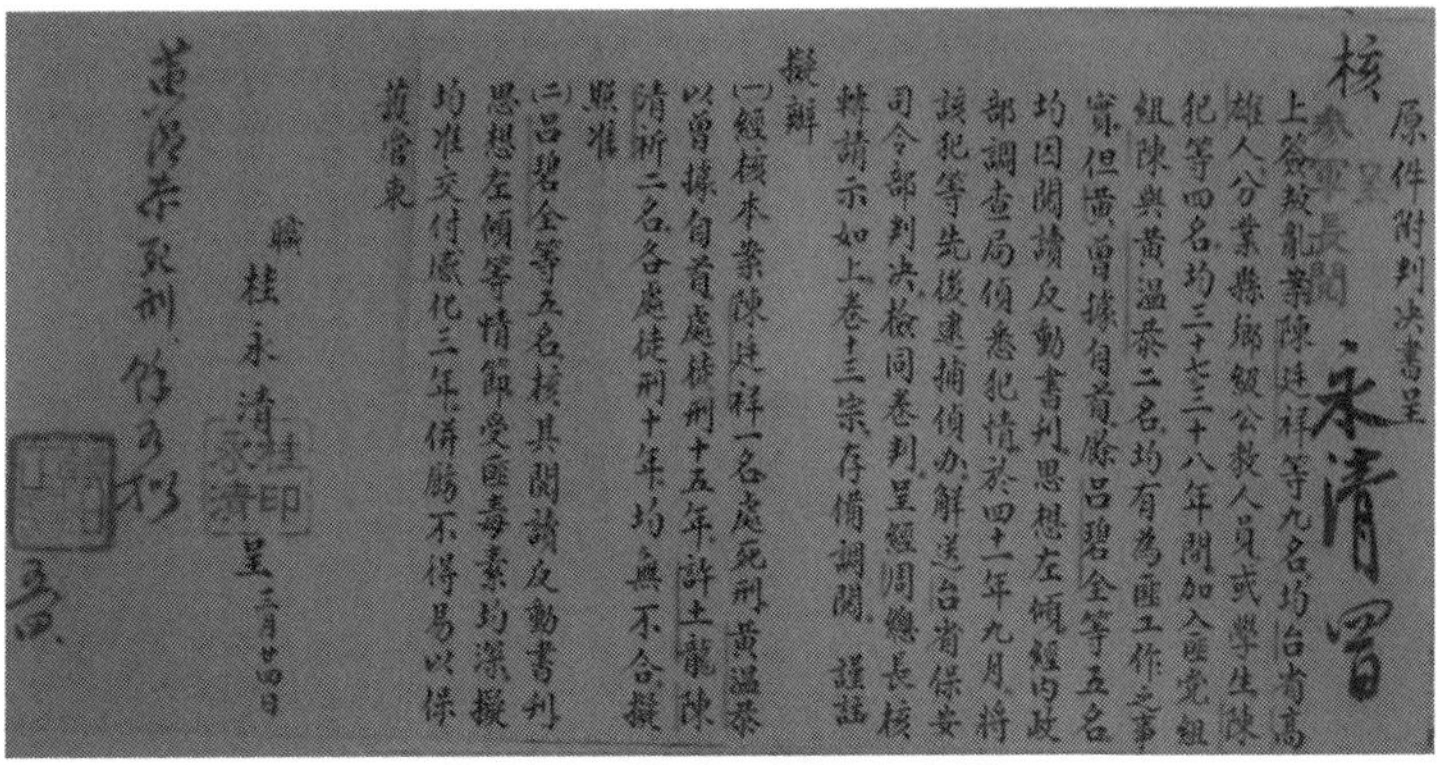
原件附判決書呈
核 參軍長閲 永清 署
上簽叛亂案陳廷祥等九名均台省高
雄人分業縣鄉鎮公教人員或學生陳
犯等四名均三十七三十八年間加入匪党組
組陳與黄温恭二名均有為匪工作之事
實但黄曾據自首除呂碧全等五名
均因閲讀反動書刊思想左傾經内政
部調査局偵悉犯情於四十一年九月將
該犯等先後逮捕偵訊解送台省保安
司令部判決核同卷判呈經周總長核
轉請示如上卷十三宗存備調閲　謹註
擬辦
(一)經核本案陳廷祥一名處死刑黄温恭
以曾據自首處徒刑十五年許土龍陳
晴所二名各處徒刑十年均無不合擬
照准
(二)呂碧全等五名核其閲讀反動書刊
思想左傾等情節受匪毒素均深擬
均准交付感化三年俟感不得易以保
護管東
職　桂永清　呈　三月廿四日

蒋介石が勝手に判決を変更

その日、拘置所にいるすべての台湾出身の受難者仲間（日本語のできる人）が「幌馬車の歌」を歌って、鍾浩東校長先生を送別した。そして、死の点呼を受けた勇敢な闘士たち（鍾浩東校長を含め）は、皆胸を張って死の脅威を恐れず、独裁者の脅迫に屈せず、前へと進んでいった。「幌馬車の歌」の歌声は、波のように瞬く間に陸浩東校長先生が出て行く牢屋から、国防部軍法處の一時拘置所へ広がり、津波のように青島東路三番地を追い被さった。陸浩東ら受難者の姿が台湾の苦難な歴史に刻まれている。台湾の逞しい精神である。

なお、最近公開された資料により、蒋介石はよく判決を勝手に変更したことが明らかになった。当時、すべての軍法処での判決書は国防部から参謀本部へ提出し、参謀本部がさらにそれを総統府へ提出した。蒋介石総統がその判決書を最終確認するという手続きの流れになっていた。判決書には上記のそれぞれの責任者が署名した。普段、各部署は判決書の内容を尊重したが、最後は偉大なる蔣介石が判決に対して意見があれば、いつも赤い鉛筆で直接判決書にメモしたことが判明した。歯科医の黄温恭先生は、「共産匪党に参加して、共匪（共産党を指す）のため仕事をした」という罪で、自首したがため十五年間有期懲役の判決を下したが、蔣介石はその判決が気に食わなくて、そのまま判決書に赤い筆で、「黄温恭を処刑せよ」と書いた。黄温恭医師はそのまま、蔣介石の勝手無法な指示で処刑され、命を落とした。

追記：1

蘇友鵬が関っていた《台北市工作委員会》という案件（判決書：（三九）安潔字第二二〇四号）に関連していた医者について、少し説明する。

許強　一九一三（大正二）年生まれ、台南佳里興の出身であった。中央研究院の李鎮源院士や蕭道應医師などとは台北帝国大学医科の第一期生だった。大学卒業後、第三内科に入り、沢田藤一郎教授に付いて肝臓の毒の排除方法に関る研究をしていた。一方、仲の良い李鎮源は当時台湾唯一の台湾出身の教授杜聡明先生に付き、蛇毒の学理研究をしていた。許強の指導医澤田籐一郎教授が台湾に来てから、台湾人が肝臓の病に患うケースの多さ（五人に一人が肝臓病の病患）に驚き、何か肝臓病気を簡単に発覚する新しい方法はないかと、研究に全力を注いだ。一九四六年、三十三歳の許強医師はピルビン酸（pyruvic acid）を研究して、大きな成果を上げ、許氏検査法を完成した。その検査法は広く肝臓病や、脚気（Beriberi）疾患の臨床検査によく利用された。その成果で、許強医師は九州帝国大学医科の博士号を取得した。翌年台湾大学付属病院の第三内科の主任医に就任して、大学の医科の教授を兼任し、蘇友鵬らの後輩医学生に「消化系統」を教えた。当時、医学界は許強先生の研究に注目を注ぎ、賞賛の声は絶たなかった。許強先生の指導医沢田教授は、「許強は、台湾のみ留まらず、アジアで最初の医学ノーベル賞の有力者候補である」と公言していたほどだった。そういう人材が国民党の台湾に来てわずか五年も立たずに、独裁政権から「共同で国家体制の破壊を図って、非法手段で政府を転覆する」との捏造の罪で、無残に殺してしまった。許強先生が逮捕され、保密局に抑留されている時に、特務はあらゆる手段を使って、組織のメンバーを聞きだそうとした。特務は「反省書」の作成をも許強先生に強要した。許強は「思想は無罪」と強調したため、尋問する特務に屈しなかったため、散々殴られた。一九五〇年十一月二十八日、許強主任医がトラックに乗せられている時に、死を恐れずに同じトラックに乗せられた受難者を率いて、「国際歌」を高声で歌っていた。その意気揚々の歌声を聴いて、トラックを運転していた兵士が危うく事故を起こしそうになった。そのために、銃殺された後、死体はそのまま馬場町の刑場に放置されたまま、霧と太陽の下に晒し者となられた。許強先生は奥さんと一歳になる孤児許達夫をこの世に残した。遺児の許達夫は大人になって、大学の医科に進学して、国防医学院への実習を申請したが、拒否された。断られた理由は父の許強が政治犯であったからだった。

郭琇琮　一九一八（大正七）年生まれ、台北士林の由緒ある名家に生まれた。台北高等学校時代から「協進会」に参加して、様々な関連活動に熱心に関与した。一九四一年四月、台北帝国大学医科に入学した。日本の台湾での殖民統治にある程度の不満を抱き、台湾に来た北京大学の徐征教授に付いて、北京語の勉強をしていながら、魯迅、巴金、老舎など中国人作家の著作を読んでいて、中国意識の強い過激派民族主義者になった。そのため、日本の憲兵に囚われ、監禁された。戦後、台湾学生聯盟を創立して、《中華民国の国歌》、《国父の遺言》、《三民主義》などの勉強会を開き、授業を行っていた。そして、中国から来た政府の役人の汚職、腐敗政治に呆れ、社会主義に傾倒し始めた。二二八事件当時、学生部隊を組織して、政府の中国軍隊の武器弾薬庫への攻撃を計画した。計画通り学生部隊を率いて実行したが、約束の先住民部隊との合流を果たせず、攻撃計画は失敗に終わった。再編成された国立台湾大学医科を卒業してからは、大学付属病院の外科に勤めながら、医学部の講師も務めていた。また、戦後から台湾と中国との間に頻繁に行き来している船舶交通のために、すでに台湾でなくなった伝染病（コレラー、鼠疫、天然痘など）が再び流行り蔓延したのを見て、台北市衛生局防疫科に転職、流行り病の防疫に関わる仕事に全力を尽くし、公共衛生と防疫関連に大きな貢献をした。中国共産党員の蔡孝乾の誘いで共産党に入党した。一九五〇年五月、逃亡先の嘉義で逮捕され、惨めな拷問を受け、十一月二十八日に同案の許強医師ら合計十四人が台北市の馬場町で処刑、銃殺された。その日は、郭琇琮先生三十二歳の誕生日であった。その前日、朝の洗面時間に、郭先生は同じ逮捕された妻・林雪嬌女子に小さな紙切りを握らせた。中には「雪嬌、お父さんとお母さんに私の屍を火葬にして、骨粉を私が愛している大地に撒くように伝えてください。もしかして、人が種植した空心菜（野菜）の役に立つだろう。勇敢に生きってください。……」。

謝湧鏡　一九二〇（大正九）年、高雄の湖内で生まれた。東京慈恵医科大学卒業後、一九四五年、妻・石川芳江さんと一緒に台湾に戻り、台湾大学熱帯医学研究センターの血清室の主任に就任。芳江さんは台湾大学付属病院の薬剤室で薬剤師として働いていた。一九五〇年逮捕され、処刑された。翌年、芳江さんも自殺した。残された二人の子供はその後行方不明となった。謝湧鏡主任は授業以外に、蘇友鵬とは特別なつながりはなかったが、その弟の謝敏堅氏は蘇友鵬とは州立台南第二中学校の同窓であった。

胡鑫麟　一九一九（大正八）年生まれで、台南市出身。小学校卒業後、台北高等学校の尋常科に進学。その後高等科を経て、台北帝国大学の医科に進学した。二二八事件で行方不明になった台湾初東京帝国大学卒業生、初アメリカコロンービア大学教育哲学博士号を取得し、事件当時台湾大学の文学院代理院長林茂生博士の次男、林宗義医師は胡鑫麟先生の一期の後輩であった。胡鑫麟先生は台北帝大医科の第四期生であった。卒業後はそのまま大学病院に勤め、奥さん李碧珠女史の兄、つまり義兄の李鎮源先生とは高等学校、台北帝大医科の先輩後輩の間柄だけではなく、両家の家族間の付き合いもあった。胡鑫麟先生は大学の医科でも「眼科臨床実習」を教えていた。音楽が好きで、チェロが得意、よくバイオリンが好きな蘇友鵬と一緒に練習をしていた。台湾大学の学長傅斯年先生の眼疾を治療したで、傅斯年先生の好意を得た。その後、病院での診療中に、警備総司令部の参謀長王民寧少将の順番無視で、診療を中断したのが原因で、王民寧少将から、「軍人を侮辱した」との罪で、眼科の王先生と一緒に捕まり、一週間ほど拘留されたことがあった。傅斯年学長の尽力で無罪放免された。その時、王先生から、この社会はすでに乱され、理不尽であるために、必ずいつかは酷い目にあうから、どこか外国へ行った方が良いと言われた。王先生はしばらくして、大学病院から辞めてどこかへ行った。

蘇友鵬と同じく十年有期懲役の判決を受け火焼島の強制集中キャンプの第一期の「新生」となった。火焼島の労働所の医療室の運営を先頭に立って取り仕切って、新生を初め、管理する官兵、住民の面倒を見ていて、火焼島の空前絶後の医療歴史記録を作り上げた医療チームのリーダーであった。火焼島で、有名な星座図を描いたり、ギターを作ったりした。

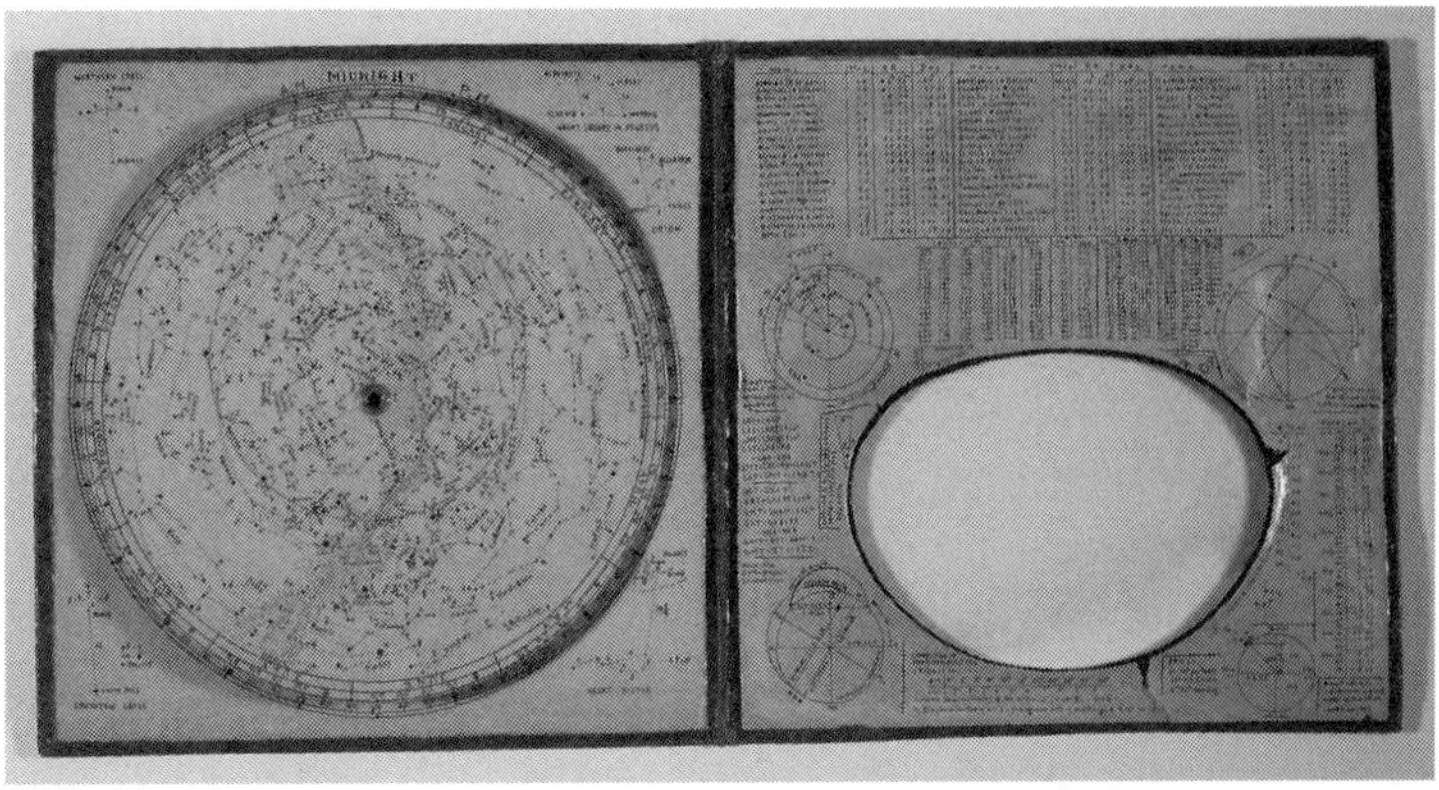

星象圖（胡乃元提供 台灣游藝數位複製）拷貝

釈放後、故郷の台南に戻り眼科のクリニックを開業したが、継続的、且つ悪意的なハラスメントに耐えられず、日本へ行って、執業した。仕事の合間は、台湾語を通して台湾文化を復興することが大事だと痛感して、「実用台湾語辞書」（実用台語字典）と「分類台湾語辞書」（分類台語小辞典）、台湾語の関連辞書を完成した。すでに絶版となった二つの辞書は、正確なローマ字を使い、優雅かつ綺麗な台湾語の発音を正しく表し、新たな漢字まで作られた。台湾語研究の重要な参考資料である。蘇友鵬の机の上にも、二つの辞書が置かれていて、すでに破れたカーバーをみて、よく使われたことが伺える。胡鑫麟先生の息子は国際的に有名なバイオリニストの胡乃元氏だ。

胡寶珍　一九二四（大正十三）年生まれ、蘇友鵬台南第二中学校、台北帝国大学予科、医科の先輩であった。予科時代は、蘇友鵬と一緒に士林教会の聖歌隊に参加し、蘇友鵬はテーナーであって、胡医師はベースを歌っていた。改制後の国立台湾大学医学院第二期生として卒業。そのまま台湾大学病院の皮膚科に勤めていて、同じ日に逮捕された。火焼島の新生訓導処医療室のメンバーで、蘇友鵬らと一緒に釈放され、台南の新営でクリニックを開業した。特務や警察からのハラスメントも絶え間なく続いて、その後は完全に音信不通となった。

謝桂林　台北市南昌街で謝外科病院を経営して、奥さんの林素愛女史は薬剤師であった。夫婦は同時に逮捕され、奥さんは三年間の管訓を受け、釈放後初めて謝医師は死刑の判決を受けたこと、すでに処刑されたことを知った。謝医師の弟謝桂芳は台中農学院の学生で、「台中地区工作委員会」案件に関連したとして、無期懲役に処された。蘇友鵬らと同じ日に火焼島へ移された。蔡焜霖先輩の話によると、謝桂林先輩は非常に明るい性格で、陽気な人だった。五月十七日、火焼島に着いた時、受難者たちが陸揚げ艦艇の甲板に筏に乗り換えを待っているときに、皆に「気を落とすな、望みを捨ててはいけない、辛抱して頑張ろう」と励ましてくれた。しかし、非常に残念だが、二ヶ月経たずの七月初めに、肝臓の病で亡くなった。火焼島の新生訓導處で、最初になくなった受難者であった。非常に残念なことだったが、優秀な医師が何人もいたにも拘らず、医療器具も薬品もなく、治療の手を施しようがなかった。

追記：2

蘇友鵬台南二中（現在、台南一中）十七期の同窓に被害を受けた者。台南州立第二中学校、蘇友鵬と同じ第十七期の同窓の中、蘇友鵬と同じく白色テロの手にかけられ、直接迫害を受けた同窓を簡単に述べる。なお、皆さんはそれぞれ違う案件で迫害を受けた。

李瑞東　一九五二年十月十三日に、「意図以非法之方法転覆政府而着手進行」（意図的に非法手段で政府を転覆、行動に着手）の罪で、十五年の有期懲役の判決を受けた。一九五三年一月二十七日に発行された判決書に、十五年の有期懲役の判決が理由なく死刑の判決に変えられた。

さらに、非常に不思議なことがあった。実際の死刑処刑は判決が変えられた三日前に前倒して、一月二十四日の早朝六時に処刑が行われ、李瑞東が馬場町で朝の霧の中に、命を落とした。そして、同二十六日に死体を受ける申請が認められた。

邱媽寅　台湾大学経済学部の三年生の時に逮捕され、「参加叛乱組織」（反乱組織に参加）の罪で十年の判決を受け、同じく火焼島の新生訓導處へ監禁された。釈放後、弟が経営している会社に就職した。その後、同窓の黄昆彬の法律事務所に勤めた。定年後は一時的にアメリカへ渡ったが、晩年台湾に戻った。

邱奎璧　「以文字演説為有利叛徒之宣伝」（文字を使って、叛徒（裏切り者）に有利な宣伝をした）との罪で、懲役十年の判決を受け、同じく火焼島の新生訓導處へ送られた。釈放後、家族が所有している土地で賃貸ビルを建て、テナント事業を経営した。

葉石濤　台湾有名な文学小説家。中学校時代から小説を書き始めた。台南二中を卒業した後、親友の黄昆彬と内地へ進学を計画したが、戦争が厳しくなりつつあり計画が挫折し、「台湾文芸社」へ就職した。その後、「知匪不報」（匪を知りながら告発せず）との罪で、五年懲役の刑を受けた。三年間受刑した後、仮釈放された。その後、数多くの小説を書いて発表し、数々の賞を受賞した。現在、台南市内に公立の葉石濤記念館が設立されている。

黄昆彬　府城（台南）裕福な家庭の生まれでありながら、どうしてもへそ曲がりで、社会の公平正義を求め、医師のお父さんの後を受継がずに、教育に関連する仕事を目指して、台湾省立教育学院（現在国立台湾師範大学）へ進学した。在学中、逮捕されて、そのまま三年間近く警察署に拘束された。身体に重い病を患ったのが契機で釈放されて、実家の台南で安養をしていた。暫くして、再び逮捕された。同窓の葉石濤と一緒に台北へ移送された。

幸い、最終的には裁判まで至らず無事釈放された。しかし、無法に拘束期間は合計四年近くに延べた。その後、山奥の小学校の先生になって、自習で司法官国家試験に受けて、司法官になった。高雄市の地方裁判所で検事になったが、中華民国体制下の司法官の黒い面を見限って、台湾東部の花蓮へ渡って、弁護士になり、原住民の権益を守るために、一生を尽力した。

なお、直接の被害ではないが、兄弟が迫害を受けた兄弟が二人いた。

王育彬　王育彬は台南二中の同窓から「王Ｖ」と親しいネクネームで呼ばれた。彼の腹の違う兄・王育霖さん（二兄）は、台北高等学校を経て、東京帝国大学の法学部へ進学した。大学の在学中「高等文官司法試験」を受け、司法官の資格を得た。昭和十九年（一九四四）優れた成績によって京都地方裁判所の検事になった。台湾出身で検事になった最初の人であった。戦後、台湾に戻り、新竹市の検事になった。湖南人市長郭紹宗の汚職を摘発し、郭市長の恨みを買った。検事を辞めて、台北市の建国中学の教諭になって、傍は林茂生博士が経営している「民報」の法律顧問を務めた。二二八事件時に逮捕され、惨殺された。その屍が淡水河に投げられたとの噂が伝えられているが、ついに見つからなかった。

もう一人の腹違いの兄・王育徳さん（三兄）は同じく台北高等学校を経て、東京帝国大学へ進学した。終戦後台湾に戻り、台南市の第一中学（元、州立台南第二中学校）の教師になった。一九四九年、自分の身の危険を感じ、香港経由で日本へ密入国を果たして、台北高等学校の先輩有馬元治国会議員の助けによって政治亡命が認められた。改めて東京大学へ復学し、博士号を取った後、明治大学の先生になった。台湾語の専門学者であった。《台湾青年》という雑誌を立ち上げ、一生台湾独立運動に尽力した。さらに、台湾出身の日本兵の補償運動を喚起し、大きな成果を果たした。

謝敏堅　兄の謝湧鏡医師は東京慈恵会医科大学の出身で、終戦後台湾に戻り、台湾大学熱帯医学研究所血清センターの主任に在職中、一九五〇年に逮捕され、蘇友鵬と同じ案件で死刑判決を受け、馬場町で銃殺された。その後、日本出身で同じ大学病院で薬剤師を務めている奥さん石川芳江女史（東京帝大医学部薬学部卒業、埼玉県川口市出身）が自殺し、二人の子供は行方不明になった。謝敏堅もその後、アメリカへ留学に行って、原子物理学者になった。定年後は日本に移住して、老後を送った。一生台湾に戻ることはなかった。

註

1　**蔡焜霖氏：**一九三〇年十二月十八日台中清水生まれ、台中一中卒業後、一九五〇年に当局に、不法組

織の読書会に参加したとの罪で、十年有期懲役の判決を受けて、翌年緑島新生訓導処移された。社会復帰してから、出版産業に携わり、日台間の文化交流に力を注いだ。二〇二一年四月、天皇旭日双光賞が授勲された。

2　すでに殺されていたのだった：台湾白色テロ時代の荒唐無稽さは、筆舌を尽くしても形容しがたいことが一杯あった。判決書の確定日付、処刑の日付などは、かなり乱された。一つの例、蘇友鵬の台南二中の同窓、李瑞東氏について、李氏は、一九五二年十月十三日に「意図的に非法手段で政府を転覆し、着手した」との罪で、十五年有期懲役の判決を受けたが、一九五三年一月二十七日に変えられた内容の判決書が再発行された。一五年の刑から死刑に変更したのだ。しかし、実際処刑を行ったのは、その三日前の二十四日の早朝六時であった。そして、死体を受け取る許可が下されたのは一月二十六日だった。

日付の違いは記録には残っているが、何の説明も見つかることはできなかった。判決が変更された理由も明記しなかった。真実は永遠に闇の中に葬られた。

第二章　監獄島——緑島新生訓導処

死の行進

蘇友鵬らが逮捕されて一年が経った。台北各地の一時拘置所で監禁されて、死を待つ以外に何もすることがない毎日だった。そして、一九五一年五月十三日の夕方、いつもより早めに晩ご飯が配られ、済まされた。夜中の一時頃、青島東路三番地の国防部軍法処（現在のシェラトンホテルから青島東路のブロック区画）の一時拘置所で、大きな笛音が寝静まった牢屋に夥しく響いていた。受難者全員が驚き、起こされた。緊急集合だ。「起きろ、服を着用し、所持品を整理して、十分後中庭に集合しろ」と憲兵が大きな声で怒鳴って指示した。蘇友鵬らは慌しく動き始めた。蘇友鵬ら全員が素早く服を着て、わずかな身まわりの所持品を整理して中庭に集まった。軍法処は棒で刺された蜂の巣のように、拘置所内はごった返しになった。

軍法処の周りはすでに小銃を持った憲兵によって厳重に警備されている。軍法処の敷地内の電気が点けられ、普段と全然違う厳しい雰囲気が漂っている。中庭に集められた後、二人ずつ手錠が掛けられた。前後の人は腰に縄でしっかり縛られた。一群れが二十人であった。空いている片手はわずかな自分の所持品を持っている。所持品とは言え、わずかな着替えしかなかった。準備が整い、出発。

隊伍は軍法処を出て、暗闇の台北市内の街を歩き出した。蘇友鵬は先輩の胡鑫麟医師と一緒に手錠で繋がられた。疲れ果てた彼らは頭を垂れて、黙々と未知の目的地へ向かわされた。

死の行進イメージ
（陳孟和描き、提供）

逮捕されてからのこの一年間、理不尽なことばかりに直面してきた胡鑫麟と蘇友鵬は、黙々と歩いていた。これからどこへ向かい、この先に何が待っているか、その不明確な絶望感が心に満ちている。殺されるのではないかという恐怖さえある。二人は重い足取りで歩いている。突如、胡鑫麟先生が蘇友鵬へ、「Todes Märsche、Todes Märsche……」（和訳：死の行進）と密かに囁いた。歩いている途中で口を挟むのはもちろん禁止されていたから、胡鑫麟先生はわざとドイツ語で呟いたのだろう。誰も知らないドイツ語で、自分の心境を表す言葉を言ったのだ。前途に対して、絶望感に満ちた言葉であった。暗闇の台北の街、厳重な警備の下で、蘇友鵬らは命じられた通りに、落ちこんだ精神的な影響もあり、疲れた身体を引きずって、重い足取りで歩いていた。「Todes Märsche、Todes Märsche…」。

しばらくして、蘇友鵬らは軍法処から一キロも離れていない華山貨物列車駅に到着した。ここが死の行進の第一中継地だった。華山貨物列車駅は一九三七（昭和十二）年十二月一日に建てたので、樺山町にあったから、「樺山貨物駅」と名づけられたのだった。樺山町は台湾第一任の総督樺山資紀大将を記念するために、作られた町であった。後の一九四九年に、「華山貨運駅」と改名された。そして一九八六年に、廃棄に伴って、本来の貨物運輸の作業を南港貨物駅に引き渡し、「華山車場」と変更した。台北プロジェクトの機材などの放置場所になって、台北駅の管轄区域に置かれた。その後、台北プロジェクトが完了し、華山車場も廃棄され、敷地の所有権が財政部（日本の財務省に相当）に移され、台北市政府に管理を任した。現在は様々なイベントがここで催されている。

蘇友鵬らはここで貨物列車に乗せられ、基隆の港へと向かった。もちろん彼らは目的地を知る由はない。基隆港の波止場はすでに厳重な警備が敷かれて、周り全体は武器を持つ憲兵が厳しく警備している。港にはすでに一団の人の群れがいた。制服を着ている集団であった。外観から見ると、どこかから移されてきた「犯人」であったろう。後にわかったが、彼らは内湖の新生総隊から移されてきた同じ反乱犯だ。女性もいた。男女問わず、皆反乱犯だ。その朝の基隆の港に到着して、周りの光景を見て、蘇友鵬は五年半前彼がここに来て、中国からの兵隊の陸揚げのことを思い出した。六年前の一九四五年十月十七日、中国の軍隊がアメリカ海軍の艦艇で、台湾に運ばれてきた。米軍の艦艇から基隆に上陸したのは、軍隊というより、乞食集団に近い群れであった。あの日の光景は一生忘れることがなかろう。今日、状況が逆となった。蘇友鵬らは、艦艇に乗せられ、どこかへ連れて行かれるのだ。もしかして、磯を出て、洋上のどこかで彼らを海に投げ込んで、魚の餌にさせるのか。それも不可能ではないのだ。

改めて港で集合してから、蘇友鵬らは今度は陸揚げ艦（ＬＳＴ）に乗せられた。この陸揚げ艦はアメリカ政府が戦後に中国国民党に贈ったものだ。第二次世界大戦中、アメリカはこの型の陸揚げ艦を多く作った。陸揚げに際して、戦車や車両を運ぶ艦艇である。オリジナル設計の考えは、戦車や車両を陸揚げに運送するのが主な目的であって、近海で使われる艦艇の底は、波の激しい洋上には適さず、波で揺られやすいので安定性に欠けているのだ。さらに、蘇友鵬らがいた底部の船艙は、本来は戦車や車両、資材などを置く場所であって、床の構造は滑らないようにでこぼこな形になっていて、人間が座れる所ではない。また、長年使われていたから、船艙の床は戦車や車両から滴ったオイルでひどく汚れていた。もちろん、空気も濁っていたことは言わずもがなである。蘇友鵬らは無理やり床に座らされた。前後の人の腰に縛られた縄だけは解かれたが、船が港を出た後にも、先輩の胡鑫麟との二人の手に繋いで掛けられた手錠は外されなかった。船で便所へ行く時も、二人で一緒に行かなければならなかった。

逮捕されてから一年が経った。三百六十五日豚の籠みたいな狭い牢屋に閉じ込められ、周りは拷問で傷めつけられた難友の呻き声が絶えず、早朝の死の点呼に直面して、常に「生」と「死」の挟間にいながら、悲惨に「死を待つ」毎日であった。そういう精神的な絶望感は、体験した人でないと、想像さえ難しいだろう。そして、今は太平洋の高波に揺られて、未知の目的地へ向かっている。一九四五年の終戦から「光復」(復帰)を迎え、中国人が台湾に来てから、台湾社会が体験した理不尽なことは筆舌では表現しがたい。そして今、蘇友鵬らは中国人の手に捕えられ、中国政府に監禁されている。

楽観的な蘇友鵬でさえ、陸揚げ艦艇に乗せられた時に、不安は払拭できなかった。「もしかして、中国人は我々をどこかの洋上へ投げ込んで、魚の餌にするのではないか」との心配は、蘇友鵬のみならず、同じ船に乗せられていた難友全員が口を揃えて、当時の同じ感想を証言した。判決が有期懲役とはいえ、独裁者の鶴の一声で、赤い筆での数文字で死刑に変更されて、簡単に命を落とすこともありえる時代なので、絶望と恐怖を禁じえなかった。

陸揚げ艦は基隆の港を出て、北東へ向かい、台湾の東側の太平洋へ出て、方向を南へ転換した。もちろん、蘇友鵬ら受難者はそのことを知るはずもなかった。底の船艙にいる彼らは吐くことを避けるのが精一杯なのだ。本来、陸揚げを目的として造られた物で、太平洋の高波には弱い。したがって、乗っている艦艇は洋上の波の影響で、凄く揺れ、閉鎖されている船艙内の空気は元々流れが悪く、床に残されたオイルやグリースの臭味も酷く、まして船酔いで吐いた物がそのまま床に流れて溜まる。惨澹な船上生活であった。乗船した時に、皆は中華式の饅頭（蒸しパン）が配られたが、すでにカビが生えていて、食べられるものではなかった。もちろん、揺られている船上で食欲があるはずもなかった。さらに、便所は船の上層甲板の一番裏側に臨時に作られて、便所へ行くには手錠を嵌められている二人が一緒に行かなければならない。また、便所のすぐ下には波の飛沫が飛んできて、大変だった。地獄のような船上生活であった。艦艇自体が一つの鉄製の棺に化したように感じるのだ。

洋上で揺られて二昼夜、三日目の早朝明け方、底の船艙にいる受難者らは起こされた。鉄の扉が開けられ、眩しい光が暗い船艙に入った。そして、全員が上層部の甲板に上がるように命じられた。蘇友鵬は甲板に登った。一息して、蘇えった気がした。新鮮な空気を鼻に吸い込んだ。目が眩しさに慣れると、真っ青な空が見え、透き通る沿岸の海水、真っ白な砂、近くの島に灯台が聳《そび》え、碧の山丘、まさか天国ではないかと思われる景色である。命が活き返って来たのだ。何という美しい島だ。乗せられた艦艇はある見知らぬ島の磯に停泊した。誰かが叫んだ、「火焼島だ」（現在、緑島と呼ばれているが、本書は難友たちに馴染みのある「火焼島」という呼び方を使う）。去る一年間、いわしの缶詰のようにびしびしつめた狭い牢屋に閉じ込められ、毎日、早朝の死の点呼を恐ろしく待ち続けた。理不尽な判決を受け、二昼夜の揺られた洋上、やっと人の世に戻った気がした。本当に活き返った感無量な瞬間だった。

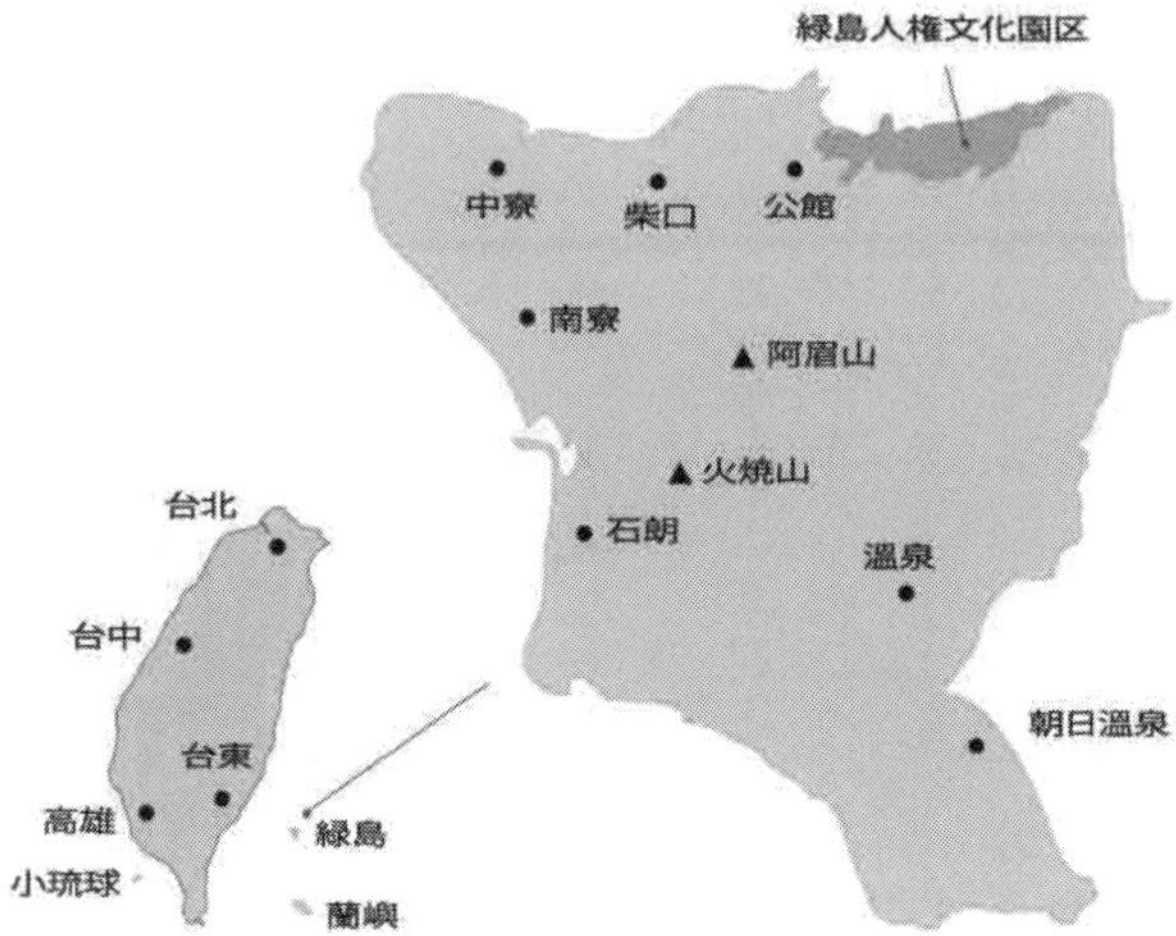

緑島（火焼島）の地理

火焼島、百年も前の昔、漁へ行った漁民が島に戻るときに、夕日が島に注いでいるオレンジ色の光を浴びて、島が燃えているように見えるから、「火焼島」と名づけたという伝説がある。台東の東南部の海に位置して、直線距離は約三十三キロ、火山の噴火や珊瑚礁、地形の隆起などで形成された島だ。島は歪んだ四角形の形になっている。長年風化の影響で、海岸線は曲折して、激しく変化していた。島の南北の距離は約四キロあり、東西は三キロある。面積は十六平方キロ一に満たない。島の真ん中に低い山があって、最高峰は火焼山で、高さは二百八十メートルだ。北西部の海岸はやや平端で、沿岸は珊瑚礁の岩石が埋まり、南西部は四キロぐらいの砂の灘が続き、東南部の海岸には断崖があって、島の周りに珊瑚礁が散々点在している。遠くから島を眺

める と、真っ白な砂灘、翠の延々と延べる山、非常に美しい景色である。一九四九年、台東県の県知事が、火焼島という名前は聞こえが悪いと言って、緑島と改名した。地理的には台湾本島の台東に近いのだが、黒潮の速い流れがあって、今日になっても台東とのフェリーは直線的な経路を使わず、黒潮の流れに沿い、「V」の字のように航行している。緑島の住民は、大昔に台湾南部の屛東東港近くの離れ島の小琉球から漁民が移住してきたと伝えられている。

一九五一年五月十七日に、二十人ごとに陸揚げ艦LSTから筏に乗り換え、蘇友鵬らは島へ上陸した。その日、火焼島へ移された反乱犯は約千人余りいた。陸揚げ艦から筏で島までは約二十分かかるので、全員が島に到着するのに、半日以上の時間が費やされた。岸辺には野次馬がいっぱいいた。火焼島の住民たちだ。皆恐る恐る岸辺に集まって、不思議な集団の上陸をずっと見守っていた。住民たちには前もって「この日に移して来る犯人は極悪人であり、火付け犯や殺人犯よりも恐ろしい犯人だ」と告げられていた。小銃を持って警備している兵士が周りで厳重に見守っている。住民は初めて見た光景で、好奇心、恐怖心、警戒心に満ちた複雑な心境であった。蘇友鵬らが上陸した場所は灯台の近くの「中寮」だった。そこから再び死の行進が始まった。道のりは三キロある。道はなく、牛車がやっと通れる海岸沿いの泥道であった。すでに二昼夜間も太平洋の高波で揺られていた彼らには、大変な行進であった。幸い、現地の住民は、蘇友鵬らが行進中、井戸から水を汲み、飲ませてくれた。水

新生訓導処

は塩味であった。住民は極悪人と言われた蘇友鵬ら「犯人」に対して、恐ろしいと思いながらも優しく対応してくれた。

夕方に、やっと「新生の家」（正式な名称は新生訓導処）のゲートを通って、キャンプに着いた。営舎と言っても完全な建設は終わっていなかった。キャンプの周りの石垣もなかった。処本部は敷地の西に座して、東、南、北にそれぞれ一つの大隊の営舎が建てられた（蘇友鵬らが着いた当時、第三大隊は土地の更地の整理作業が完成したばかりで、建築工事は未着手であった）。

蘇友鵬ら第一期に移送された反乱犯新生約千人余りが夕方前収容所に到着して、まずは部隊の編成がなされた。その後晩ご飯の食事に入った。彼らが初日にキャンプで食べた晩ご飯は、三月に移送された先遣部隊の人らが用意してくれたのだ。三月に先発で移送された先遣部隊は、同じく政治犯であった。彼らは、一九五一年三月一日に台北から高雄に移送され、高雄から米軍が残してくれた艦艇に乗せられ、火焼島に運ばれた。新生訓導処に着いてから、山へ行って草を刈ったり、海岸へローコー石を削ったり、営舎の整備整頓に強いられ、蘇友鵬ら正式な入処の準備作業を行っていた。

一九五一年五月十七日の夜、蘇友鵬らは十四日以来の初めての「食事」をとった。船上では配られたカビついている饅頭があったが、食べられる物ではなかった。また、船酔いで食欲もなかった。やっと暖かい晩ご飯が食べられた。虫と砂利が混じってあるご飯に、干し大根の炒め、高菜の煮付け、温い野菜スープ（炒められた葉が浮いている）、粗食ではあったが、三日間以来の初めての食事で、皆は大満足した。その夜、蘇友鵬は波の音を聞きながら、潮の香りを嗅いで、涼しい海風に吹かれ、深い眠りに入った。逮捕されてから一年間、初めての深い眠りであった。営舎は狭いだが、やっと足を伸ばして寝ることができた。台北の一時拘置所での一年間、狭い牢屋に閉じ込められて、交代での就寝、周りの難友の呻き声で、ろくに寝ることはできなかった。また、軍法処での早朝の死の点呼、恐怖と緊張の毎朝、やっと火焼島での集中キャンプでの初夜、何もかも忘れて、いびきさえ高く出た。同じ日に火焼島へ移送された難友の蔡焜霖氏は後に、「五月十七日火焼島での初めの夜、両足をまっすぐに伸ばして寝ることが如何に幸せであるかを、生まれてこのかた初めて痛感した」と思い出して、述懐した。

火焼島新生訓導処

営舎の大門に「新生の家」と書かれている。正式な名前は「新生訓導処」である。台湾省国防部の保安司令部（後一九五七年、台湾省警備総司令部に改められた）の管轄におかれている強制労働集中キャンプだ。日本時代（一九一一年～一九一九年）、総督府はその近くの鱸鰻溝（ロームァーカウ、後に「流麻溝」と改められた）で「浮浪者収容所」を設立して、台湾各地の無宿者を収容した。一九四五年日本の敗戦に伴い、中国政府は台湾に来てから、日本政府が火焼島で残した古い施設の敷地を利用して、政治犯を監禁する強制収容所として建築したのが新生訓導処であった（使用期間一九五一年～一九六五年）（その後、わずかな後始末の人を残して、すべて台湾本島に戻した）。台東県の泰源で新しい刑務所が作られ、残りの新生（政治犯）を泰源刑務所へ移したが、一九七〇年泰源刑務所に暴動が発生し、政府は旧新生訓導処の跡地の隣に、「国防部緑島感訓監獄」（通称緑色山荘「オアシス　ヴィラ」という美しい名前の刑務所。一九八七年廃棄まで、台湾の政治犯の主な刑務所となっていた）を建築した（使用期間一九七二年～一九八七年、現在新生訓導処の一部と、国防部緑島管訓監獄は国家人権博物館、緑島園区となっている）。台東の泰源監獄からの重刑犯人を「緑洲山荘」に移送して監禁した。新生訓導処の敷地にはその後、「職能訓練所」を設けられた（使用期間一九九三年～二〇〇二年）。さらに台湾省警備総司令部は、新生訓導処の東の土地を徴収して、「第三職業訓練総隊」（第三職訓総隊を略称）を設立し、台湾各地で捕まっ

新生訓導処

た極道のヤクザ「大哥」（兄貴分）を収容し、管訓を施した。現在、緑島の中寮地区に法務部所轄の「法務部矯正署綠島監獄」があり、「火焼島」＝「監獄島」とのイメージを強く残してい
て、火焼島は監獄島の代名詞とも言えよう。

初期の新生訓導処と緑色山荘は、政治犯を対象に監禁する場所であって、両者の違いは、新生訓導処が軍隊の団体集中式営舎を採用し、新生らは集中に生活の管理に置かれて、労働させていたのに対して、緑色山荘は政治犯を完全な監禁の目的を果たす刑務所の作りで、単独監禁の個室が多く、普段は牢屋から出ることが許されなかった。その他の収容所は、主に凶暴な刑事犯の犯人や、極道の兄貴分を監禁するのを目的としていた。なぜ火焼島の収容所や刑務所が重要な監獄になったのか。それは簡単で、地理的な理由であった。台湾本島から離れていて（約三十三キロ)、面積が大きくなく(十六平方キロ未満)、交通が不便で、かつ黒潮が流れていて、島から脱出するのが非常に難しいからだ。

新生訓導処は、新生(政治犯)を管訓して、「新たに生まれ変わる新しい人になるように」との意味合いが含まれていた。したがって、収容する新生に対し、強制的に重労働をさせ、政治教育で思想を改造させることを実施していた。思想改造の目的は蔣介石個人に対して、忠誠心を表すことにあった。蘇友鵬ら第一期の新生は、判決書の内容がどう書かれたかは別として、蔣介石から見ると、政治犯というより、思想が歪曲な人で政府に反抗や造反を企てたが、殺すまでの必要がないから、思想の再教育を施すために火焼島での強制労働集中キャンプに移して、正しい思想への改造の向上を図った。さらに、重労働を遣らせて、体力を消耗しながら、反抗の力を減らすだけではなく、肉体の衰弱により思想の改造もより簡単に達成できるという方針だった。

当時の火焼島は未開地に近かった。現地の住民は主に漁をしていて、傍ら冬に漁へ出られない時には、乏しい畑を利用し、芋や、からし菜、落花生などしか植えていなかった。道路はほとんどが泥道で、公共のインフラは余りなかった(舗装の道路ができたのは蘇友鵬らが移送されてから、彼らの手によって造られたのだ)。新生訓導処の営舎も粗末に造られ、彼らが移されてきてから手入れをした。重労働は体力を消耗するためであることは先に述べたが、蘇友鵬

万里の長城
（営舎を囲む石垣）

らが来てからの最初の仕事は翌日からスタートした。高さ三メートル、長さ千三百メートル、営舎を囲む石垣を作ることだ。石垣の底の幅は二・五メートルあって、高い所の幅は約一メートル。建築工事用の材料は海岸からロッコー石を削って、営舎まで運んで積み重ね、セメントだけは台湾本島から運ばれてきた物だった（台湾から船で運ばれてきた物質は新生訓導処と正反対方向、火焼島の南にある南寮の小さな漁港で荷を下ろして、新生が往復十二キロの「道」を歩いて運搬することになる）。実際、蘇友鵬らが到着した翌日に、一部の新生は訓導処から南寮まで行って、生活物資を運搬していた。

石垣は新生訓導処の敷地の周りに

沿って、敷地の近くの山の麓から、鱸鰻溝（ロームァーカウ）沿いに、敷地全体を囲むように建てられた。石垣の建築に関する設計は、受難者の中の建築と土木の専門家だった。彼らは自らの手で自分を閉じ込める石垣を造らせられたのだ。何という馬鹿げた仕事であった。使うすべての工具は自分の手で作って、その工具を使って、自分を閉じ込める石垣を建てた。すべての受難者はその仕事に従事させられ、誰一人例外はいなかった。数年掛かりの大きな工事であった。難友は自分を監禁するその石垣を「万里の長城」と呼んだ。

重労働は万里の長城に留まらず、その後も「克難房」（倉庫）や、司令台、運動場、売店など、営舎内部の様々な建築を強いられた。プールまで作った。そして、現地住民のための道路、基礎公共施設、インフラの建設に力を尽くした。要するに、重労働はあくまでも受難者たちの体力を消耗するのが目的であって、考えれば労働は絶えることなく、いくらでもあった。新生訓導処の近くの海岸にあるロッコー石（咾咕石）は珊瑚礁の風化でできた岩石で、材質は非常に硬く、棘っているため、新生は全員が手足を傷め、血だらけになった。靴を履いても、すぐ靴が石で切られ、裸足はなおさら傷つきやすくなるのだった。特に夏場、皆は短パン一つで、よくロッコー石に切られた。新生たちはほとんど（一部の調理場担当以外）が傷つき、傷のない人はいなかった。

新生訓導処は処本部を始め、三つの大隊から編成された。蘇友鵬ら第一期の新生が移送さ

新生訓導処の牢屋

れた当時、第三大隊の営舎はまだ未完成であった。第一期の新生は第一と第二の大隊に編成された。一つの大隊に、四つの中隊があった。編成は第一大隊の下に、第一中隊から第四中隊があって、第二大隊（第五中隊から第八中隊）、第三大隊と続き、全部で十二中隊になっている。本来、一つの中隊の定員は百二十人だったが、実際は百五十から百六十人も収容されていた。混むとはいえ、台北の一時拘置所の牢屋よりは広かった。

　管理する官兵は、処本部の処長を始め、数名の士官がいる。各大隊に、大隊長一人、三人の中隊長がいた。中隊には、一人の副中隊長を始め、三名の分隊長、数名の下級士官、兵士などが編成されている。これらの官兵は、新生の労働、生活などを管理している。そして、思想の改造に関しては、中隊ごとに政治指導員がいて、数名の政治幹事が配置されている。彼らは新生の思想を監視、管理するのが目的である。顔の表情が笑っても、内心何を考えているかは、絶対顔の表情には出さない。

新生訓導処の処長は、一九五一年の使用開始から一九六五年に閉まるまで、全部で五人いた。初任は姚盛齋（一九五一〜一九五五年）、次期が唐湯銘（一九五五〜一九五七年）、三任が周文彬（一九五七〜一九五九年）、四任が唐湯銘（一九五九〜一九六三年）、最後は劉鳴閣（一九六三〜一九六五年）であった。その内、真面目で新生に対して公正かつ優しかったのが、二任目と四任目を務めた唐湯銘処長であった。新生の間で評判が良かった。そして、最悪なのは第一任の姚盛齋だった。嘘つき、ほら吹きで、新生に嫌われた。新生は蔭で姚盛齋処長のことを「吹士」（法螺吹きに因んで付けた名前）と呼んでいた。また、「唬爛」（ホーラン、台湾語、法螺吹き、嘘つき者の意味）とも呼んでいた。なぜ、第一任の姚盛齋のみがそこまで新生に嫌われたのか。それは、彼が新生に対してあらゆる嘘を言ったからだ。蘇友鵬らが新生訓導処に移送された当初、姚盛齋処長は皆に、「諸君はこの新生訓導処に移送してきた。前に受けた判決はすべて帳消しになった。完全に関係なくなった。ここでの行為が良ければ、いつでも釈放することができる」と言った。しかし、実際は減刑することは不可能であって、彼の話は真っ赤な嘘であった。よくもこんな嘘を平気で言い放ったものだ。

政治指導員、政治幹事は、新生の思想を監視しながら、管理する役目を担っている。そして、監視する手段として、新生の内に、「隠密」の監視者を置き、難友の間の生活、会話などを監視して、政治幹事に密告する。これらの密告者は新生から選ばれ、普段は皆と一緒に生活しているから、新生たちのことを把握することが簡単だ。もちろん、密告することによって、何かしらの利益が得られる。例えば、重労働から外される（しかし、隠密とはいえ、結果的には皆は誰が密告者かを見極めている。一緒に生活していくと、個性や行為からなんとなくわかるのだ）。密告者を設置するもう一つの目的は、新生の間に不信感を与えることにもある。新生の間に不信感が生じれば、団結心が薄れ、管理しやすいと思っていたのだ。信頼関係を壊すことは思いがけない精神的な傷になった。かなり多くの受難者は、釈放されて、戒厳令の解除を経ても、人を信じることができなくて一生蔭に潜んでいた。二十一世紀の現在になっても、昔のことを話さない。取材に応じないのだ。

先に述べた重労働以外にも、新生たちの仕事は他にもいっぱいあった。火焼島は元々住民が井戸を掘って水を汲んでいたが、すべての井戸からの水は、塩の濃度こそ違うが、多少の塩味がある。幸い、新生訓導処近くの鱸鰻溝（ロームァーカウ）は天然の渓流だ。雨水が山の上流に溜めて流れて海に入ることになっている。その鱸鰻溝からの水は完全な淡水、塩味のない水である。新生たちは鱸鰻溝上流にダムを造った。そして、新生たちの日常の生活用水として、完全な淡水が取れるようになった。また、その水を使い、新生たちが開拓した畑を灌漑《かんがい》していた。

畑の開拓に関わるエピソードがある。火焼島は本来土地が少なく、土質にも普通の農作物には適していない。住民のほとんどが漁を生計にしていた。一部は鹿の養殖もしていた。地理的環境で冬に季節風が吹いて、波が荒いため漁に出ることができない時には、わずかな畑でしかも落花生や、からし菜、さつま芋など限られる作物しか作れない。いくら植えても海上から吹いてきた風は、塩を帯びる風であるため、農作に大きな影響を与え、住民はかなり苦しい生活を強いられていた。新生訓導処ができ上がり、千人を超えた新生が移送され、管理する官兵、その家族を含めると、三千人近くの世帯、膨大な数の食材を供給するのは大変な作業であった。主食のお米や、大豆、小麦粉などはもちろん、副食の豚、野菜などは、魚を除いて全部本島の台湾から運送しなければならなかった。季節風の強い冬に本島台湾との海上交通が荒波で機能しない時、野菜は足りるはずがなく、どうしようもなかった。新生は文句を言う立場、権利はないから別として、先に悲鳴を上げたのが管理側にいる官兵だった。解決方法としては、島で自作することだった。幸い、新生らの内に、農業の専門家がいた。彼らは、まず畑の開拓に着手した。そして、畑の周りに、火焼島でよくあるパンダナステクトリウスの木とチガヤの草を使い、防風用の囲い塀を造った。これで塩風を防ぐことができた。その後、彼らは台湾にいる家族に頼み、野菜の種を送ってもらい、野菜作りを始めた。さらに、豚、羊、七面鳥、鳥の養殖も始めた。新生訓導処は主食以外の副食の食材を自給自足で賄うことができた。さらに、余った物を現地の住民と交換して、魚を得た。

新生たちは訓導処の周りに、いくつかのトーチカを作った。トーチカは戦争で陣地防御用な物だと思われるが、火焼島の新生訓導処のトーチカは、処罰するために使うものであった。規則違反と見なされた新生は、トーチカにぶち込んで監禁されていた。海岸に近いトーチカは、満潮によって海水が流れ込み、監禁されている新生は満潮の時には海水に漬かっていた。潮水が食べ残りの物と、排泄物とで汚れ、新生はそのまま汚れた潮水に漬かったり、放置されたり、数日監禁されると体が病気になりかねないし、大変酷くなることは想像に難しくない。そして、監禁された後に、再び本島の台湾に戻され、厳しい罰を与える。国民党の残虐さはこんな所でもはっきり表れていた。

第三大隊の営舎は蘇友鵬らが移送された当初はまだ更地整理が終わったばかりで、建築工事が始まっていなかったが、翌年の一九五二年の夏ごろには完成した。同年の晩秋に、蔣介石の特殊部隊の「反共救国軍」が中華人民共和国支配の福建省の南日島（現在福建省莆田市秀嶼區）を攻撃し、現地の漁民と一部の解放軍合計八百余人を捕虜にした。その内の漁民六十余人（男女問わず）が匪諜（共産党間諜）とされ、火焼島新生訓導処に送って、第三大隊の第九中隊に監禁していた（女性の方十数名は第八中隊の女生分隊に収容された）。一九五四年、緑島再反乱案が発生、これらの犯人は事件に関わる本来の新生と共に台湾本島高雄の左営海軍基地に移ったと言われたが、その後、南日島漁民の消息がそのまま絶って、完全に行方不明になった。

第五中隊

蘇友鵬らは新生訓導処の第一期「新生」となった。新生の間ではお互いに「同学」（同窓）と呼んでいる。一九五一年五月十七日の夕方、千人を越えた新生が新生訓導処に到着して、ただちに編隊させられた。第一大隊の第一中隊から、第二中隊、第三中隊、第四中隊、そして第二大隊の第五中隊、第六……に編入させられた。

第一中隊が収容している編入者のみが、判決を受けてない新生たちである。彼らは、正式な司法判決を与えられることなく、単に管訓が必要と決められて、その目的を果たすために送られて来た者たちだった。第八中隊は、女性の「反乱犯」を収容していた。彼女らは、一番多い時に百人ぐらいはいたが、中隊とは言わずに、「女生分隊」と称された。第八中隊と第七中隊の営舎の間に、竹の塀が建てられ、彼女たちの生活区域は隔離されている。初期の女性受難者の中に、台湾で有名な舞踏家、「モダンダンスの母」と呼ばれている蔡瑞月先生もいた。彼女は夫雷石楡のため、「思想不純」という理由で捕まり、監禁されていた。女生分隊は一九五四年に撤廃されて、女性受難者は全員台北県（現新北市）土城にある収容所…生教所[1]に戻された。女生分隊の受難者は、政治課程の授業、毎日生活に必要な水を取ることなどに限っている以外には、営舎から出ることが許されていなかった。普段は、竹の塀に囲まれている営舎に内に閉じ込められていた。ほとんどの新生訓導所で男子との接触が禁止さ

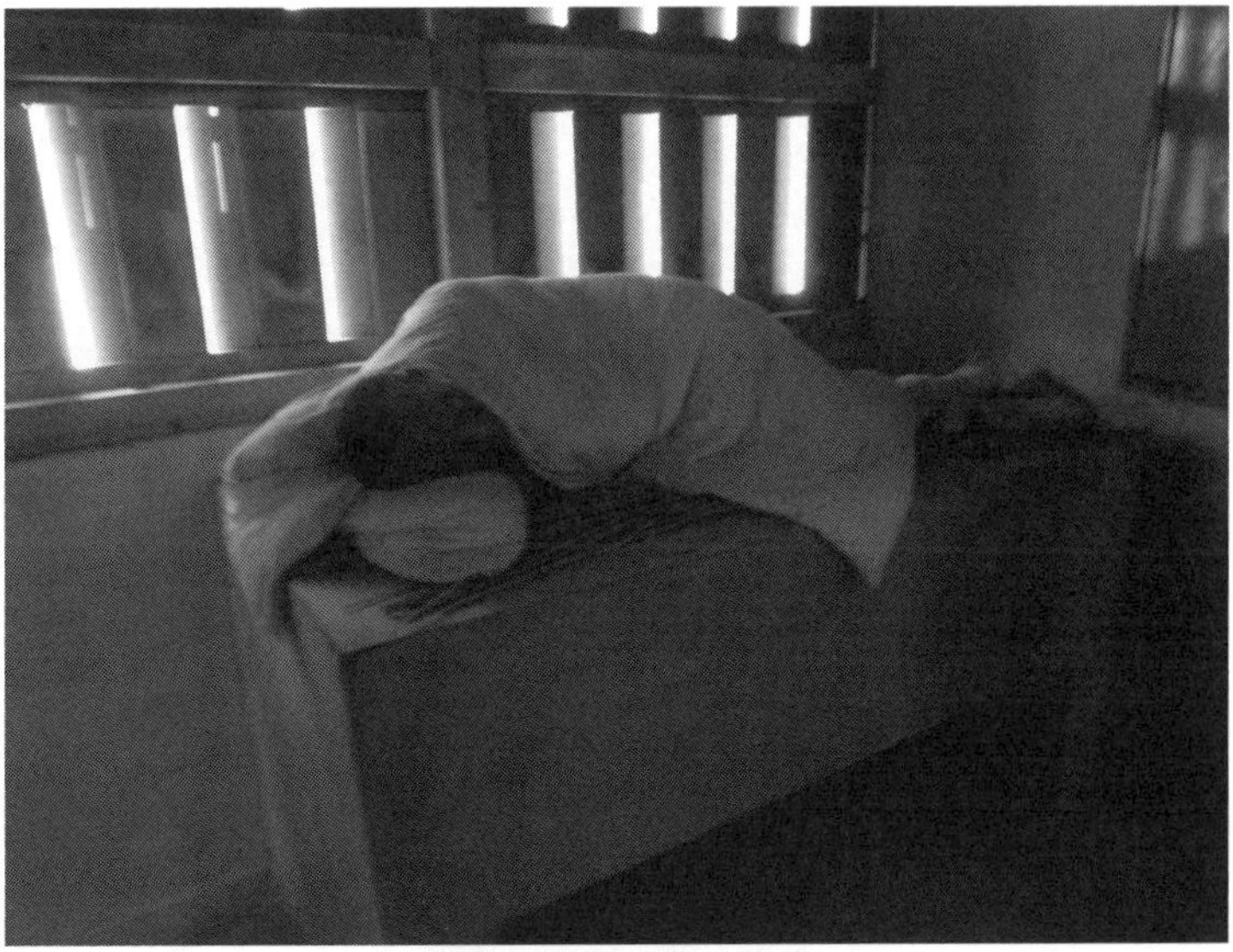

牢屋の便所で寝る新生

れ、女生分隊の行動区域は完全に制限されていた。

台湾大学病院の先生たち、胡鑫麟、胡寶珍、蘇友鵬らは、第二大隊所属の第五中隊に編入された。第五中隊が収容している新生は、台北案、学委員案、麻豆案、玉里案などに関連する受難者であった。ほとんどが専門技術を有している人たちや、知識層だった。営舎はもちろん定員の百二十人をベースに作られたから、狭いのは言うまでもなかった。中隊の営舎の構造は、入ったところにまず管理を担っている官兵の寝室が設置された。そして、鉄の扉が設けられ、その中が新生の寝室となった。営舎の一番奥に、浴室と便所が設けられている。新生の寝室の奥行きの長さは約十三・五メートルある。

左右上下分けて板で作られているベッドがある。柱と柱との間に一・三五メートルで、一列に十単位のスペースとなっている。一つのスペースに三人が並んで寝ることになる。一人当たりの平均幅は四十五センチだ。並んで寝るとどれだけ狭いかが想像できる。長さだけは十分あって、足を伸ばすことができたのは幸いであった。また、狭いとはいえ、台北の一時拘置所の牢屋よりは全然広いことには間違いない。

本来、一つの中隊の定員は百二十人だったが、新生が多いから、ほとんどの中隊は百五十人を超えた。したがって、一人に与えられたスペースはさらに狭くなる。そのため、ある人は奥の浴室の貯水池の上、または便所の空いているところで寝ることにしていた。各中隊の生活用水（食事の準備に必要な水も含め）は、自分たちで運ぶことになっている。各中隊ごとに井戸を掘ったが、やはりどの井戸の水も塩味を帯びている。塩味が濃いか薄いかはともかく、ほぼ使えないので、仕方なくロームァーカウ（鱸鰻溝）へ淡水を取りに行くしかない。ロームァーカウは一年中淡水が絶えることなく、本当に助かった。新生訓導処から、ロームァーカウまでの距離は約一キロで、往復は二キロある。女性の新生も自分で生活用水を運ばなければならなかった。水を入れる容器は木で作った桶で、水がなくても重たくて、水を入れると二十キロはあっただろう。それが一日に数回も運ぶ必要があり、一つの桶を二人で担ぐから、大変な作業であった。また、営舎の奥にあった便所だが、排泄物を外へ担ぎ出す必要もあって、これも同じく大変な作業だった。

食事はそれぞれの中隊が自分たちの新生の食べ物を作るが、女生分隊のみは、自分は作らず、全部第六中隊の方が作って、運んでくれた。女生分隊の張常美女史（現存の政府の記録によると、台中地区工委会張伯哲等人案に関って、十二年有期懲役の判決を受けた）の話によると、彼女は数ヶ所に監禁されたが、火焼島での食事が一番良かったとのこと。

女生分隊は一九五四年に解除され、女性の新生は全員台北の土城にある「生教所」（全名は、生産教育実験所、一九五四年から一九八七年まで使われた）に戻された。女生分隊の受難者以外に、一部管訓を受けた受難者も収容した。そして後期は、刑期収容直前の政治受難者を収容し、最終的な思想改造を行っていた。一九七二年九月、生教所は「仁愛荘」（仁愛教育実験所）に改められ、政治授業をメインにして、労働を補助する形で管訓をしていた。余談だ

政治教育のイメージ

が二〇〇〇年から二〇〇八年に副総統呂秀蓮女史もこの生教所に監禁されたことがあった。

新生訓導処での日常は、朝六時に起床、慌しく洗面してから、早朝の点呼。そして、岩石を運ぶなどの労働を運動代わりにさせられた後に、朝食を撮る。その後、午前中いっぱい政治課程の授業が行われた。まずは教師が講義を行い、その後十人単位のチームで討論、個人レポートを済ませた後、昼食時間になる。食後は、三十分間から四十分間の休憩時間が与えられる。休憩終了後は労働作業に入る。石を削ったり運搬したり、建築工事、野菜の畑仕事、養殖……、皆はそれぞれ配られた仕事に従事しなければならない。この時間、蘇友鵬ら医師たちは、医療室で病気の人を診査、治療する。夕方になると、全員が営舎に戻り、簡単に汚れた体を清め、晩ご飯の時間となる。晩餐を食べてから、自習時間に入る。最初は、たまに皆を慰めるために、京劇などの披露がきて、新生たちも集められて観賞に行った。管理している官兵はそれを楽しんでいるが、ほとんどの新生は俳優が何を喋っているかは分からないから、興味はなかった。その後、新生たちは自分で演劇を行うようになった。就寝する前、営舎に戻り点呼を終えて、重い鉄の扉が閉まって、消灯までのわずかな時間だが不自由の中の「自由」な時間が新生に与えられる。この短い「自由時間」を利用して、家族への手紙を書、本を読む、楽器を弄《いじ》る、将棋を楽しむなど様々な楽しみが「自由」にできる。もちろん、その中にすでに一日の重労働で疲れ果て、寝てしまう人も結構いる。

新生正在進行「小組討論」，討論主題「如何發揚黃花崗七十二烈士的革命精神」，每個都要發言，並且要做紀錄。

政治課程での討論

畑の野菜作り

13 中隊

第十三中隊

新生訓導処は三つの大隊と、合計十二の中隊があることはすでに述べたが、実は、通称第十三中隊というのがあった。五月十七日に第一期新生が収容されてから二ヶ月後の七月下旬に最初の犠牲者が出た。謝桂芳先輩だった。彼は肝臓の病で、新生訓導処に入処してわずか二ヶ月で命を落とした。その後、火焼島で事故や病気、または精神的に耐えず自殺したなどの死者があった。台湾出身者の場合、亡くなった受難者の遺体を受けとる家族がいるが、引き取らない家族もいた。中国出身者の場合、ほとんどが単身で台湾に来たから、遺体を受け取る家族がいるはずはない。そして、管理する官兵も病を患って、亡くなった人がいた。これら亡くなった人たちの遺体処理は、現地の島で埋めることになる。すると、墓地が必要になる。

新生訓導處の正面ゲートを出て右側の、山の麓に墓地が作られた。正式な名前は「台湾省保安司令部新生訓導處公墓」になっている。受難者の間では「第十三中隊」と呼んでいる。第十三中隊、聞こえの良い「台湾省保安司令部墓地」の塚に、立派な墓石を立てられた墓は管理当局の高級士官の方で、一般士官や兵士は簡単な墓石しかなかった。新生は尚更だった。その墓地のどこか隅の方に簡単に穴を掘って、草々に埋めてしまった。もちろん墓石などあるはずもない。受難者を記念する墓碑は、一面の雑草である。

超ミニ大学病院（台湾大学病院火焼島新生訓導処分院）

新生訓導処の管理本部の組織体制には「軍医」と「医務兵」という配置がある。医療所も設けられている。しかし、医療所はあっても、肝心な薬品、医療器具がない。また、「軍医」と「医務兵」とは肩書だけで、医療に関する訓練は全然受けていなかった。したがって、新生の中に病人、事故で傷ついた怪我人が出ても、診査や治療はまったくできなかった。幸い、新生は火焼島の新生訓導所へ移送された後に、手紙を書くことが許され、新生はそれぞれ家族へ手紙を書いて、自分に必要な薬品を送ってもらうことになっていた。

専門医師はこの惨状を見かねて、一番年長の先輩胡鑫麟医師が先頭に立って、新生のうちの医師全員を集め、まずは新生それぞれ個人が持っている薬品を掻き集め、集中して統一保管することにした。そして、新生らが必要な時に応じて、手元に管理しているわずかな薬品を病患の新生に与えた。次は、医師たちは関連の先輩や同僚、家族に頼み、簡単な医療器具（聴診器、額帯反射鏡、懐中電灯、ガーゼ、包帯など）と需要な救急薬品（消炎錠剤、痛み止め、消毒水等）を調達した。医師たちは、新生訓導所で医療業務を始めた。これは彼らが火焼島へ移送された翌年のことだった。

その後、入手しにくい必須な医療器具を医師たちはその医療器材の図面を描いて、難友の新生に作らせることを依頼した。新生訓導処の医療所は新生医師たち自力で、正式に開業し

新生訓導処の医師群像
（髪の毛があるのは軍医、坊主頭は新生受難者）

た。管理当局もいつかは彼らの診療行為を認めた。認めざるを得なかったのだ。最初は新生を対象に治療していたが、その後管理する官兵、その家族までの面倒を見ていた。最終的には医療の評判が良く、火焼島の住民まで治療に来た（もちろん、これは管理当局の狙いの一つとも言えよう。要するに官民の友好関係を築くためなのだ）。

胡鑫麟を始め、蘇友鵬ら医師は、困難且つ厳しい環境の下で、自力で難友新生の面倒を見ることができた。当時、監禁されている医師は、精神科を除き、すべての科別の専門医がいた。医療チームのメンバーは以下の通りである。台湾大学病院眼科の胡鑫麟主任医（台北市工委会案、刑期十年）をリーダーにして、外科医は林恩魁医師[2]（台湾学生工作委員会、刑期七年）、内科医呂水閣医師（台湾省工委会台南市工作委員会支会鄭海樹等人案、刑期十年）、産婦人科医王荊樹医師（基隆市工委会案、刑期十年）、細菌学専門兼小児科医陳神傳医師（中部地区南投区委会洪麟児等案、刑期十二年）、同じ台湾大学皮膚科医胡寶珍医師（同台北市工委会案、刑期十年）、そして耳鼻咽喉科蘇友鵬医師（同台北市工委会案、刑期十年）、歯科医林輝記医師（省工委会案、刑期十二年）。これ以外に、日本時代の現地内科医[3]が二人いた。医療チームの中に専門医だけではなく、大学の医学部の学生も数人いた。

医療室は、一般的な診療だけに留まらず、その後病床まで設置し、三十ベッドの病室まで作った。手術室も設けて、外科手術を行っていた。新生訓導処で一番多い外科の手術は、盲腸炎であった。医療チームのリーダ格の胡鑫麟医師は、手術を行うに際しては、いつも婦長の仕事を担当していた。胡鑫麟医師は、手術の準備作業、手術の計画、ガーゼ、包帯、メスなどの器具の消毒を自ら担当して、用意してくれた。そして、手術のメイン担当は外科医の林恩魁先生が担って、助手は蘇友鵬先生らの医師がしていた（その逆もあった。特に林先生が釈放された後に、蘇友鵬がメインになった）。さらに、国防部所属の国防医学院の学生（これらの医学生は、同じく捕まった政治犯であった）が看護の手伝いを担当した。手術終了後の後始末作業も胡鑫麟先生がやっていた。何もない新生訓導処の医療室は、これら一流の医師がいたからこそ、運営ができた。上記の「軍医」と「医務兵」は、何もできない傍観者だった。

蘇友鵬は、「初めて手術を行っていた時に、『軍医』らは好奇心旺盛で、面白半分で手術室

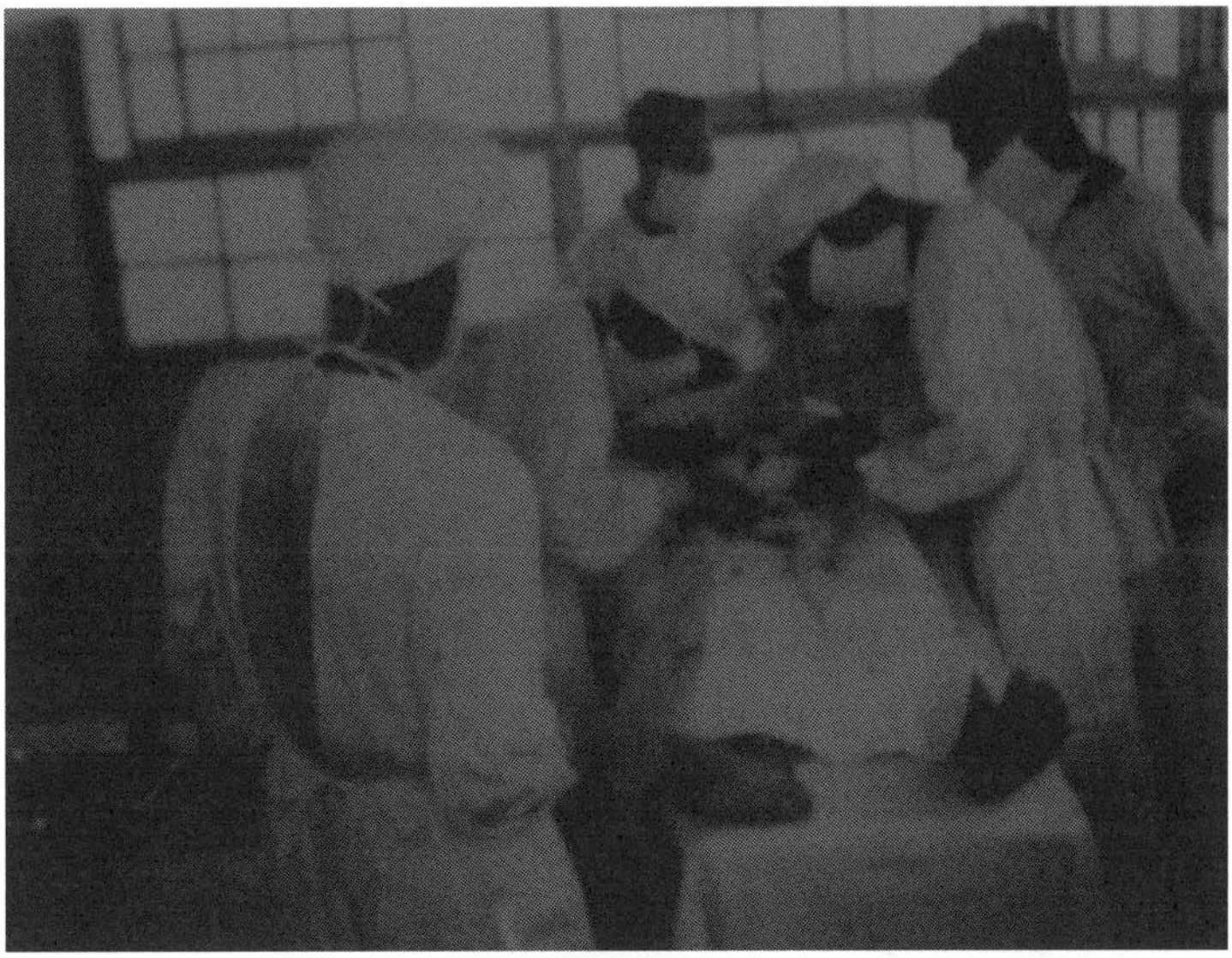

手術中

に入って見物した。林恩魁先生がメスを入れた時に血が出て、彼ら『軍医』は大量の血を見て急に手術室を出た。彼らは外へ出て吐いたのだ。情けない邪魔者だった」と思い出して、微笑んで言った。確かに、普通の人は大量な出血を見ると気持ち悪くなることが当たり前なのだが、人の体、命に関わることは大事にしなければならない。しかし、独裁者と国民党政府は訓練されていない人を体制に編成させ、役目が達成できるかどうかは考えもしなかった。

新生訓導処の医療室は、毎日開業していた。普段、二人の医師が当番して、病人の治療をしていた。手術はその必要な時に応じ、行われた。当番ではない日、医師たちも重労働を強いられていた。そ

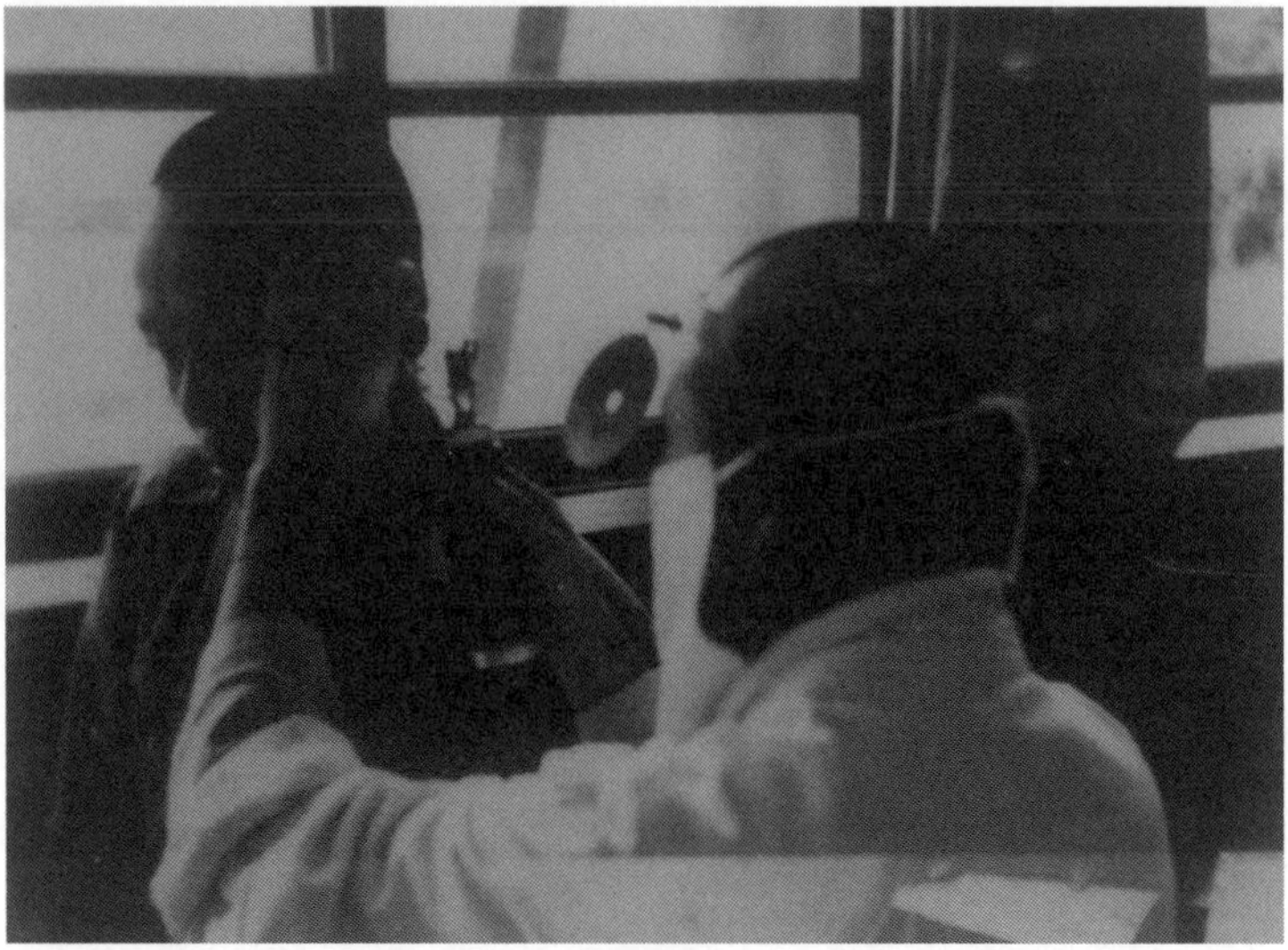

医療中

のため、安定かつ精密な手捌きが必要な手術をする時に手が振れて、どうしようもなかった。医師らが管理の官兵に苦情を言った。管理当局には、こういう細かいことは知る由もなかったから、最初は医師らの抗議を無視したが、やっと事の重大さに気づき、医師らの重労働を免じた。

本来、高い医術を社会へ貢献するベテランの医師、大学教授、戦後台湾社会復興に欠かせない医療パオーニアたちが、独裁者の虐政に遭い、「反乱」、「匪諜」（共産党間諜）、「政府を転覆」など出鱈目の罪名で、新生訓導処に監禁された。彼らは、何もないから困難極まりない環境で、難友の新生を始め、彼らを管理する官兵、その家族、さらに火焼島の住民までを対象に、医療を施していた。手術も行い、出産、難産、死胎まで、あらゆる病気を治した。ある人が冗談で言った。「精神科医の林宗義先生（二二八事件で逮捕されてその後行方不明に林茂生博士台湾大学文学院の代理院長の次男。東京帝国大学医科卒業、台湾精神医学を創立した者とも言える。一九五〇年米国ハーバード大学の医学院へ行って、一九五三年東京大学で医学博士号を取得、一九六五年スイスのジュネーブにある国連世界衛生組織《ＷＨＯ》の招聘で心理衛生部門《the director of mental health at the World Health Organization》のディレクターに就任した。国民党政府のブラックリストに載せられ、戒厳令解除まで台湾に戻ることが許されなかった。著者の母親の従兄）も入れば、火焼島新生訓導処の医療室は立派な大学病院になるのだ。新生訓導処の医療室は台湾大学病院の火焼島ミニ分院であった」。確かに、当時の新生訓導処の医療室は精神科医のみ欠けていたが、それ以外の専門医はすべて揃っていた。

二〇一八年三月に、筆者が火焼島へ取材に行った時、緑島に三人の医師がいた。一人は元台東県緑島衛生所の内科医から定年退職して、島で個人クリニックを開業している七十歳の医師、そして公立衛生所に配属されている家庭科医の若い医師と、歯科医の先生、合計三人しかいない。いずれも軽い病気しか処置ができないのが現状だ。したがって、住民は病気を患った時、あるいは何か大きな怪我をした時、緑島では処置できないから、本島の台東へ後送することになっている。二十一世紀現在は、交通が便利になり、ヘリも飛んでいるから、後送ができる。一九五〇年代の当時の状況を考えると、本島台湾との間に交通船もなく、冬に季節風の影響で船さえ出られない不便な時代、幸い新生医師らがいたから火焼島で医療ができた。彼ら医師たちは、厳しい環境下で様々な工夫を考案し、あらゆる努力を重ね、緑島の空前絶後な医療史を残した。国民党のお蔭なのだ。現在、緑島の年寄りたちは当時の医療室の医師の貢献に賞賛の声が絶えることなく、よく口にしている。新生と現地住民との絆は思わぬ所で結ばれた。

新生訓導処大学・大学院

火焼島の新生訓導処に監禁されていた新生は、本当に色んな人材がいた。蘇友鵬ら医師たちは日本の帝国大学の医科出身がほとんどで、それ以外にも各領域の専門家、技術者、作家、大学の教授、学校の教諭など、信じられない人材が集まっていた。台湾出身者は日本の教育を受けていたから、もちろん日本語が堪能だ。中国の出身者は中国各地から来た人だから、それぞれ方言や発音が違う。火焼島の新生訓導處は国民党の政策で「国語」（北京語）を一元化して、授業や一般生活で北京語の使用を要求した。蘇友鵬ら台湾出身者は止むを得ずに、一生懸命に北京語を勉強させられていた。しかし、学ぶ対象は中国各地の方言や訛りだらけの北京語を話す人だから、結局標準の発音ができず、中国各地の方言や発音が混じってしまった。

難友の一人、蔡焜霖氏[4]は、当時の北京語勉強について、「台湾はすでに北京語が主要言語

蔡焜霖への取材

として使われている現在、私は孫娘との会話に北京語を使わざるを得ない。そして、孫娘はいつも私の北京語の発音を嘲笑った。孫娘に曰く、『お爺ちゃんの北京語は北京語ではない』。孫娘は私の北京語は緑島で勉強して、中国各地の人と付き合ったから、北京語が変なので理解できないのだ。……」と証言した。

蔡焜霖氏は続く、「私は中学校三年生の時に終戦を迎えた。その後高校まで行って、師範学院へ進学したいと思ったが、進学する前に清水鎮の鎮公所（町役場）で働くことになって、逮捕された。火焼島新生訓導処は本当に凄いところであった。先輩たちは皆学問を持っていて、私はかなり勉強になった。眼科博士の胡鑫麟先生を始め、作家楊逵先生、英語の柯旗化先生、皆学問があって、優しい人ばかりで、私のような若輩に優しくしてくれて、色々教えてくれた。……」

もちろん、蘇友鵬が戦後から勉強し始めた「国語」（北京語）についても、新生訓導所で勉強を続けていた。中国各地の方言訛りを混じった国語を、一生懸命に勉強していた。これは正しい台湾史の悲惨な一面であった。つまり、台湾に君臨した統治者が変わる度に、台湾社会は新たな「国語」の勉強が強いられた。彼は六歳に白河公学校に入学して、台北帝国大学入学するまでは、「国語」が日本語であった。敗戦に伴い、「国語」は北京語に変わった。蘇友鵬や蔡焜霖の母国語……台湾語は、日本時代はまだ良しとして、普段の社会で使うことが許されたが、国民政府が台湾に来てからは、台湾語が使えなくなり、六〇年代から学生が学校で台湾語を使うと、罰金が課され、教室外に立たされることもあった。「国語」（北京語）一元化政策の方針で、強制的に皆に北京語の学習をさせた。そして、標準な北京語を使うことが奨励されただけに留まらず、台湾語を使う人は下賤な民の社会的な雰囲気さえ作り出した。台湾語の使用が抑圧された。

専門家が多いことは何回も書いたが、新生訓導所に収容されていた人材は本当に凄かった。自分を閉じ込める石垣……万里の長城を始め、ダム、倉庫、大きな舞台など、すべて新生の中の建築や土木の専門技術者が設計し、建てた物だ。島のインフラにも手を掛けた。農業の専門家は、畑を開拓し、周りにパンダナステクトリウスの木とチガヤの草で潮風を防ぐ囲い柵を考え、自給自足できるような野菜作りに成功した。養殖をもできた。三千人近い大世帯

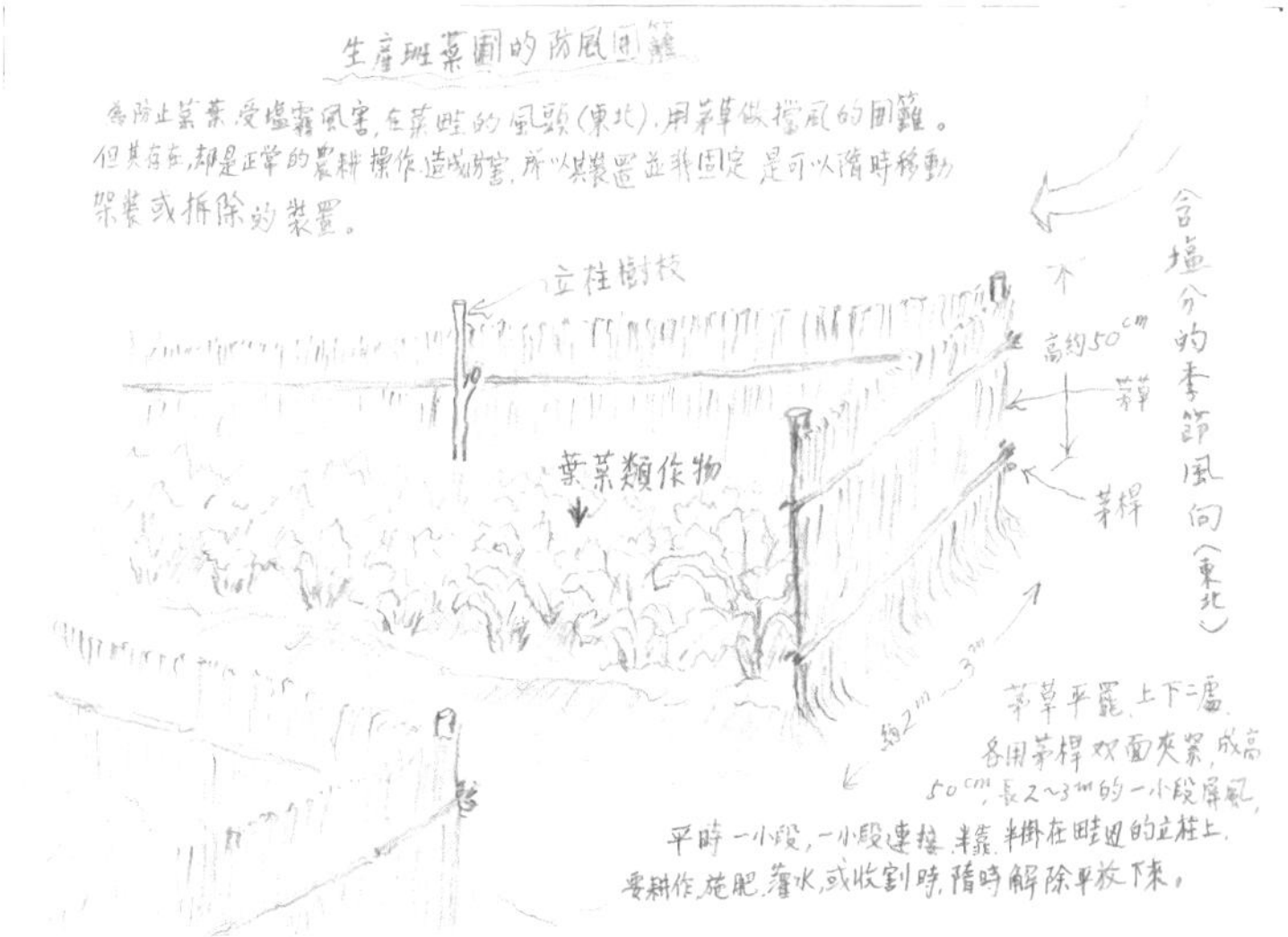

防風畑

の食卓に食材の提供ができた。さらに、余った食材を現地の住民と物交換を行い、より豊かな食生活を満たした。

今度は、小学校の受験生への強化授業が始まった。一九六八年台湾の国民義務教育が九年になる前、国民小学校の四年生からは、中学校の入学試験で、大変な勉強が強いられた。火焼島も変わらなかった。最初は管理している官兵の子供への下校後の指導から始まった。そして、島の住民の子供たちにも教えるようになった。教師はすべて新生であった。そして、火焼島の小学生が中学入試に続々と合格して、多い時八十パーセント以上の合格率があった。

音楽家もいた。音楽の林義旭先生は、楽器のない訓導処に音楽好きな人を集めて、アカペラの合唱団を作り上げた。最初の歌はシューベルトのセレナーデであった。歌の好きな蘇友鵬はもちろん合唱団に参加した。

政治思想洗脳課程

火焼島先生訓導処は、強制労働集中キャンプでありながら、もっとも重要な目的の一つは「管訓」、つまり思想改造であった。政治課程を通じて、収容している新生の思想を改造するのだ。独裁者政権は新生が思想に問題があったから、政府に対して不満や不信を持ったり、反乱組織（共産党）を参加したり、政府を転覆しようと企んでいたりしたと見なしていた。死刑に至らないなので、思想の改造によって、新しく生まれ変わる……「新生」との洗脳政策であった。

したがって、新生訓導処は政治の思想教育を重点において、入処当初から毎日重労働以外に、政治思想課程を施していた。始めは、午前中政治思想教育、午後から重労働を行って、その後、一日おきに政治思想教育と重労働に執行していた。全員の参加が求められ、誰一人授業を欠席することは許されなかった。

政治思想教育の際、新生全員は大隊の集合場に集められ、授業が行われていた。まずは、処本部が選んだ「教師」が予め決められた教科書の内容を説明する。授業の内容は、「我々の国父」、「偉大なるリーダー」（蔣介石が中華民族の救世主であり、欠かせない唯一のリーダーと称さ

政治課程の教科書

れている)、「光栄の歴史」、「国家常識」、「開国名人たち」、「国父の遺訓」、「リーダーのお言葉と行為」、「錦繍な祖国山河」、「匪党理論批判」(国民党は共産党を匪党と称し)、「漢奸を消滅し、中華の復興を目指せ」、「日帝侵華史」、「三民主義」等々。実は雑多に渡った。

授業終了した後、十人ごとに班を組んで授業の内容について討論が行われる。最後は、一人ずつ本日の授業、討論についての感想レポートを書かなければならない。授業には大きな問題があった。なぜなら、「教師」に選ばれた人は、北京語が標準か、地方の方言が酷いかどうかが一つの問題だ。さらに一番大きな問題は、新生の北京語の能力にあった。多くの新生は台湾出身者であって、ほとんどは北京語を勉強し始めたばかりで、聴力、読む力がどれぐらいできるかが不明だ。また、一部の人は学校さえ行ったことがなく、自分の名前を書くことさえ難しくて、文字がわかるはずもなかった。こんな状態で、授業を受けても、あやふやな内容しか分からず、討論はどう進行して行くかは非常に大きな疑問である。そして、最後の感想レポートを書くことは、尚更大変であった。しかし、こんな所に、中国人の表面化のみを重視する文化が顕になった。感想レポートの内容はともかくとして、結論に、決まりの「偉大なるリーダー、舵取りの蔣中正（介石）総統に従い、三民主義を発揚しながら、大陸に反攻して、殺猪抜毛（毛沢東、朱徳の苗字の発音を取り因んで、殺すぞとの意味合いが含まれている）、苦難な同胞を救え、反共抗俄（ソビエト）は必勝」など形骸化した教条内容を書けば、点数は間違いなく取れる。合格できるのだ。

一方、蘇友鵬らのような、すでに高等教育を受けて様々な知識を身に付いていた人たちには、こういう詰まらない授業の内容は精神的な苦痛であった。彼らは専門知識のみならず、高等学校時代に自由な環境に置かれ、世界のあらゆる分野の知識、学問を漁っていたからだ。国民党のこういう子供騙しの洗脳教育内容、変わらない教条的な内容、「教師」の訳のわからない教科書の読みあげを聞くことは、完全な精神的な苛めであった。にも拘らず、毎日受けなければならなかった。強いて言える唯一のメリットは、重労働で疲れきった肉体を、この政治授業で少し休ませることであろう（台湾の五〇、六〇、七〇年代生まれの男性、義務の兵隊勤務が強いられていた。毎週の木曜日に「莒光日」があって、全員参加が必要な政治課程であった。やはり新生訓導処の政治課程とあまり変わらない授業の内容が実施されていた。授業の方式、内容、討論、感想レポート、形式はまったく同じであった。皆は一生懸命聞いているぶりをしながら、内心は？　義務の兵隊勤務中、週一回だけでも大変な精神的な虐めなのに、新生らは毎日それに耐えなければならない、その忍耐力、辛抱強いこと、感服としか言いようがない）。

教条的な授業を受けることは、有無を言わせず押し売りのスローガン、思想のある人にとっては、大変な精神忍耐力が必要だ。授業の結論は必ず「蔣介石は如何に偉大であって、中華民族の救世主で、我こそが中華民族を復興する期待だ。その反面、共産党は極悪で、毛沢東は如何に邪悪で、大陸を強奪し、綺麗な山河を盗んだ。我々の一生一度の大仕事は大陸へ反攻し、同胞を苦難から救い出すことしかない」を繰り返し、自画自賛の宣伝で終わった。

しかし、現実的に忘れてはいけない事実がある。蔣介石は中国での国民党と共産党との内戦で、負けた側であった。大敗を喫した「大将」、「総司令官」だった。負けた根本的な原因は、蔣介石の率いる国民党政権の汚職、腐敗によって、中国の国民が国民党に背を向けたからだ。そして、新生は一部の「外省人」（中国から来た人を指す）を除き、ほとんどが「本省人」（台湾出身者）だった。台湾出身者は、日本政府の統治を経て、終戦を迎え、「光復」（復帰）を心から歓迎しながら、中国から来た役人、軍隊の悪行も目に焼き付いた。鮮明な記憶である。台湾社会が中国国民党政府によって乱され、不況に陥れたこと、台湾人が散々に苛められたことをずっと見ていた。二二八事件の経験、その後の台湾社会の混乱を体験したから中国国民党への不満、不信が募るに募ったことは否定できない。教条的なスローガンで、賞賛だけの言葉のみで、その説得力には如何程の効果があろう。痛々しい深刻な記憶、苦い思いを易々に消すことが可能だろうか。もちろん、その中の一部は社会主義に憧れていた人は、尚更授業の内容を嘲笑っているだろう。

空の表面のみ重要視し、内実のない外見しか考えない中国国民党は、白色テロ時代を通して、こんなことばかりを台湾社会で強制的に実行し、人民を洗脳していた。もちろん、国民党はこの思想教育を利用して、蘇友鵬らを処罰しているとも言えよう。しかし、堅困な思想を持たない人に対しては、確かに成果はあるだろう。「嘘を百回も言うと真実になる」の操作は、ナチス・ドイツで〝プロパガンダの天才〟と呼ばれたヨーゼフ・ゲッベルスが残した「十分に大きな嘘を頻繁に繰り返せば、人々は最後にはその嘘を信じるだろう」という名言をうまく真似たプロパガンター洗脳教育だ。確かに、国民党の洗脳教育には成果があった。

国民党の操作手法は、「完全な正義」と「完全な邪悪」の繰り返しであった。蔣介石と国民党、中華民国はかけがえのない正義の代表として賞賛しながら、毛沢東と共産党、中華人民共和国は邪悪の塊りだとして、罵っていた。したがって、蔣介石を呼ぶ時に、気をつけの姿勢が必要なのに引き換え、毛沢東を呼ぶ時は、匪をつけなければならなかった（『毛匪沢東』）。中華民国が正統であるのに対して、共産党は共匪で、中華人民共和国は偽政権であって、「偽中華人民共和国」と称さねばならない。この呼称は、九〇年代の李登輝の民主化改革に伴い、終止符を打った。

とは言え、教条的なスローガン、説教的な授業は、蘇友鵬らにとっては、傷付いた黒盤のように、同じところで繰り返し、繰り返し、聞くことに耐えるのが精一杯の辛抱だった。

当時、火焼島の新生訓導処に処歌がある。新生全員が暗記して、毎日早朝の点呼時に高声で歌うことを強要されていた。

歌詞は以下の通り。

中華民族的國魂 喚醒了我們的迷夢 三民主義的洪流 洗淨了我們的心胸
粉碎鐵幕 走向新生 脱離黑暗 走向光明
我們在博愛平等中陶冶 我們在自由民主中新生
看美麗的國旗 青天白日滿地紅 飄揚在天空
我們不做異邦的奴役 我們都是中華的英雄
實行三民主義 效忠領袖蔣公起來
新生的同志們 團結一致 奮發完成建國大功

和訳

中華民族の魂が我々を迷う夢から目覚めさせた。三民主義の洪流は我々を清めてくれた。鉄の幕を破り、新たな生活へ邁進しよう。暗闇から離脱して、光明へ向かおう。我々は博愛平等の下で薫陶を受け、自由民主の中に生まれ変わる。真っ青な空、真っ白な太陽、真っ赤な美しき国旗は、天に聳え立っている。我々は異邦の奴隷をしたくない、我々は皆中華の英雄だ。三民主義を実行し、リーダーの蔣介石の率いにしたがって、新生同志ら、一身心団結して、建国の大事業を完成しよう。

皮肉な宣伝逆効果

政治課程で国民党は大々に自称自賛をしながら、社会主義、共産主義、共産党を罵った。毛沢東を始め、中華人民共和国、ソビエト、共産党のあらゆることを言葉の限りを尽くして、蔑んで罵っていた。それが皮肉にも、本来新生たちの内に、社会主義や、共産党など、何も分からない人にとって、授業を受け、内容を説明されていくうちに、社会主義などが分かるようになって、勉強になってきた。これ以上の大きな皮肉はなかろう。独裁者の蔣介石と彼が率いる国民党、政治教育を計画していた人たちにとっては、思いがけない結果であろう。中には一部の人は終生共産党に憧れつつ、台湾と中国との統一しか将来がないと願う人まで

22
第三大隊第五中隊
新生攷核表
新生姓名
蘇友鵬
蘇友鵬申請案

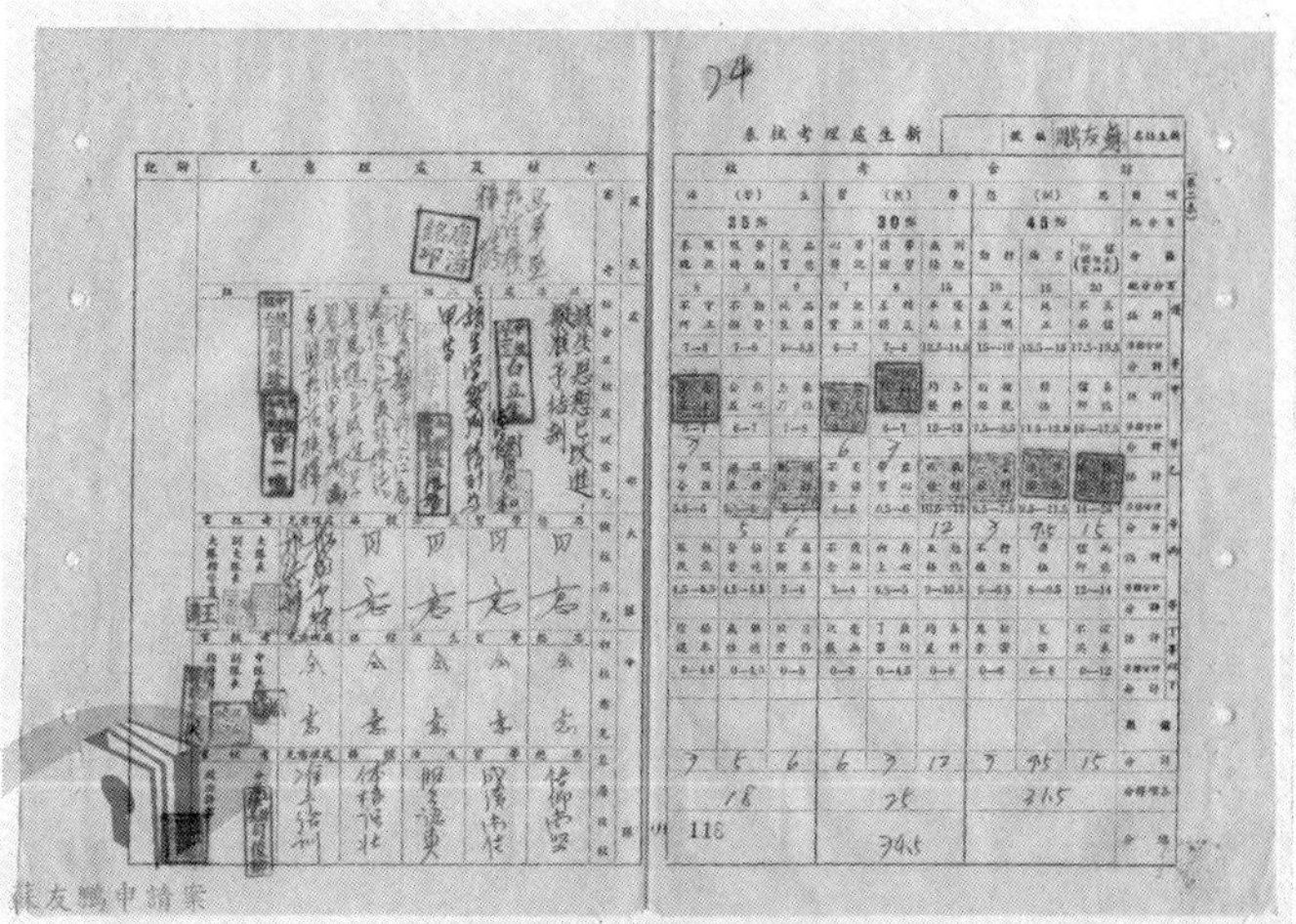
24
新生思想考核表
蘇友鵬申請案

蘇友鵬の思想評価表
（新生の思想を評価する表）

出た。やはり、国民党数々悪劣な行為と、出鱈目な教育内容との違和感は、受ける人の思考力によって、明白になったとも言えよう。

皮肉なことは続々出たが、詳しくは続く。

一人一事良心救国運動（緑島再反乱案）

一九五三年の春、中国で選ばれた国民代表（国民大会は一九四七年の中華民国憲法の規定にしたがって、全国の国民代表を中央において、政権を行使するための機構で、五権分立の中華民国の最高機関に位置づけられていた。主な任務は憲法修正、総統を選挙することにある。台湾の民主化に伴い、二〇〇〇年に非常設機関となり、二〇〇五年六月に憲法の修正によって、廃止された。国民代表とは、国民大会の国民の代表メンバーを指す）斉維誠（第一大隊の第一中隊に収容され、刑期のない感訓必要な新生の一人）がある運動を呼びかけ、発動した。運動とは、朝鮮戦争で国連の軍隊が捕獲した中華人民共和国の解放軍一万四千余人の俘虜が上腕に「殺朱抜毛　誓死滅共」の刺青をした活動で、「一万四千名の反共義士」と呼ばれたことに因んで、新生たちが「自発的」に自分の上腕に刺青の真似事を呼びかけていた。その活動に「一人一事良心救国運動」という立派な名称が付けられた。新生らが志願して、上腕に「反共抗俄」、「殺朱抜毛」（朱徳を殺し、毛沢東を消滅の意味合い）の刺青をさせる運動だった。そして、血書を書いて、蒋介石政権に忠誠を誓おう。なぜ、斉維誠がその運動を呼びかけたのかは不明であった。斉維誠は自分をアピールしたかったのだとの説もあったが、斉維誠は実は管理当局から密かに指示されたからとも噂されていた。真実は明らかにならなかった。

残念ながら、一人一事良心救国運動の呼びかけに、応じる人はほぼいなかった。蘇友鵬ら台湾出身の新生たちにすれば、こんな荒涼な離れ島の集中キャンプに閉じ込められている自分、朝鮮戦争はあまりにも遠く離れた世界だから、実感がない。さらに自分の身体に刺青をするのは、なおさら無理なことであった。中国出身者は、また別の心配がある。つまり、反共産党の刺青をすれば、中国大陸にいる親族などに害を及ぼす恐れがあるから、憚るのは当然であるのだ。新生訓導処の新生のほとんどは消極的な態度で「一人一事良心救国運動」に臨んでいた。したがって、斉維誠が喚起した運動は失敗に終わってしまった。しかし、その失敗は次の粛清行動に繋がっていた。それが翌年（一九五四）の「緑島再反乱案」であった。

当局は、「消極な態度で業務の遂行を阻害した」という理由で、「緑島再反乱案」をデッチ上げ、十数名の受難者を台湾本島に戻し、殺害した。同時に、一部の新生は刑期が延ばされ、感訓教化の刑期を延長された。

一九五五年七月十日、呉聲達等に関する判決書に、「四十二（一九五三）年春、本部の新生訓導処で、消極的な方法で業務の遂行に阻害すると共同謀議し、該当処本部が行った一人一事良心救国運動に、参加を拒否した。その後、保安部拘置所に押送された後にも、一緒に匪幇（共産党）の理論を研究し、国家を覆す策を意図的に策画して、四十二（一九五三）年十月一日『匪幇国慶日』（建国記念日）に、食事を増加し、匪幇の理論を研究検討しながら、記念するプレゼントを考慮していた。尋問に際して、皆は否定したが、新生訓導処の調べによると、『一人一事良心救国運動は、本来新生が自発的に喚起した活動であり、処本部も自由に参加するとの許可を与え、強制的な規定は一切ないとすでに究明した』」。そして、一九五五年七月二十六日に、まずは陳華が処刑された。続いて、一九五六年一月七日に、楊慕容を処刑した。一九五六年一月十三日に、呉聲達、張樹旺、楊俊隆、宋盛淼、許學進、崔乃彬、蔡柄紅、傅如芝、游飛、陳南昌、高木榮、呉作樞を処刑して、本件は合計十四人が殺された。（以上の内容は書籍『流麻溝十五号』緑島女性分隊及其他より）

この一人一事良心救国運動は、元々管理当局が個人の私利で、上司へ媚びるために発起したことであった。あくまでも自身の栄達だけを考えた意味のわからない活動で、偽りの「自発的」を捏造し、新生に刺青を強要したのだ。もちろん、政府の高層部もこの運動を利用して、新生への感訓は大成功に収まって、皆が感激したから、刺青までしたと大々に世間へ宣伝したかったのだろう。さらに、新生たちが一生その刺青を帯びていることによって、肉体と精神的な虐め効果を考えていたこともありえる。独裁者蔣介石、蔣経国親子、国民党政権下に、「志願」、「自発」を強要して、業績が未達成だから、怒り出して、惨殺まで仕出かした。

その残虐性、理不尽、荒唐無稽さが改めて示された。

「自発」、「志願」は、白色テロ時代を通して、ずっと行われた。台湾は男子が義務付きの兵役を負わなければならなかった。一九六七年から一九八六年の間に、陸軍に「第一特種兵」という科があった。本来は義務が二年間の勤務だが、一年追加を「志願」したから、三年間の兵役となった。「志願」を強要する政策であった。

筆者の個人的な経験だが、兵隊の義務期間中に、通信部隊に編入された。訓練中、「政治輔導長」（政治指導員）に呼ばれて、ある申請書への署名を強いられた。申請書とは国民党に参加するものだった。すでに書類の内容が書かれていて、署名だけで良いと言われた。指導員に曰く、参加する理由は、国家を愛する現れだと説得されたことを思い出した。これも「志願」、「自発」と言えるのか？

才能溢れる新生たち

火焼島新生訓導処に収容されていた新生たちは、社会の各階層からあらゆる人からなったことはすでに述べたが、医師がいて、学者、教授、学校の先生がいて、建築業界、農業の専門家、技術者、職人……、実は様々雑多で、一つの社会の縮図とも言えよう。

前にも書いたが、管理の訓導処本部は、同時に千を超えた新生を管理している。離れ島とは言え、逃れることはないにしろ、やはり新生の精神面の安定性が求められる。したがって、ストレス解消にまずは合唱団を作らせた。楽器がないから、音楽先生の林義旭（一九二三年生まれ、読書会（反乱組織）に参加したとの罪で、十二年有期懲役）にシューベルトのセレナーデを再編成させ、アカペラ式で歌を合唱団に歌わせた。それが評判になって、楽器も届けるようになり、今度は楽団を組んで作り上げた。蘇友鵬は一年上の先輩の林本仁医師に頼み、大学病院の医師の宿舎に残したバイオリンを火焼島新生訓導処に送ってもらった。蘇友鵬のバイオリンが、後に火焼島新生訓導処ブランドのバイオリンの見本元祖になるとは、このとき誰も思わなかった。

バイオリンを製造する。新生訓導処に収容された新生が、バイオリンを作った。蘇友鵬のバイオリンをモデルに、廃棄された船の板を削って、バイオリンの上下の板にした。次は鍬の棒から、バイオリンの柱の部分と弓を作り上げた。その他の需要な小物は新生の大工が調達した。弓毛の部分は、火焼島の林投樹（パンダナステクトリウスの木）の根こぶを伸ばして創った。そして、バイオリンの弦、E弦とA弦は廃棄された鉄のケーブルから抽出、D弦とG弦はラジオの中の銅線を練って仕上げた。最後にバイオリンも塗装され、完成した。その後、数十本のバイオリンが作られた。ギターも百本ぐらいが作成された。

新生訓導処の色んな写真が残されている。これは非常に皮肉なことだった。写真を撮るきっかけは、独裁者政権が新生訓導処の生活、関連活動などを記録し、国際社会（主には米国、国

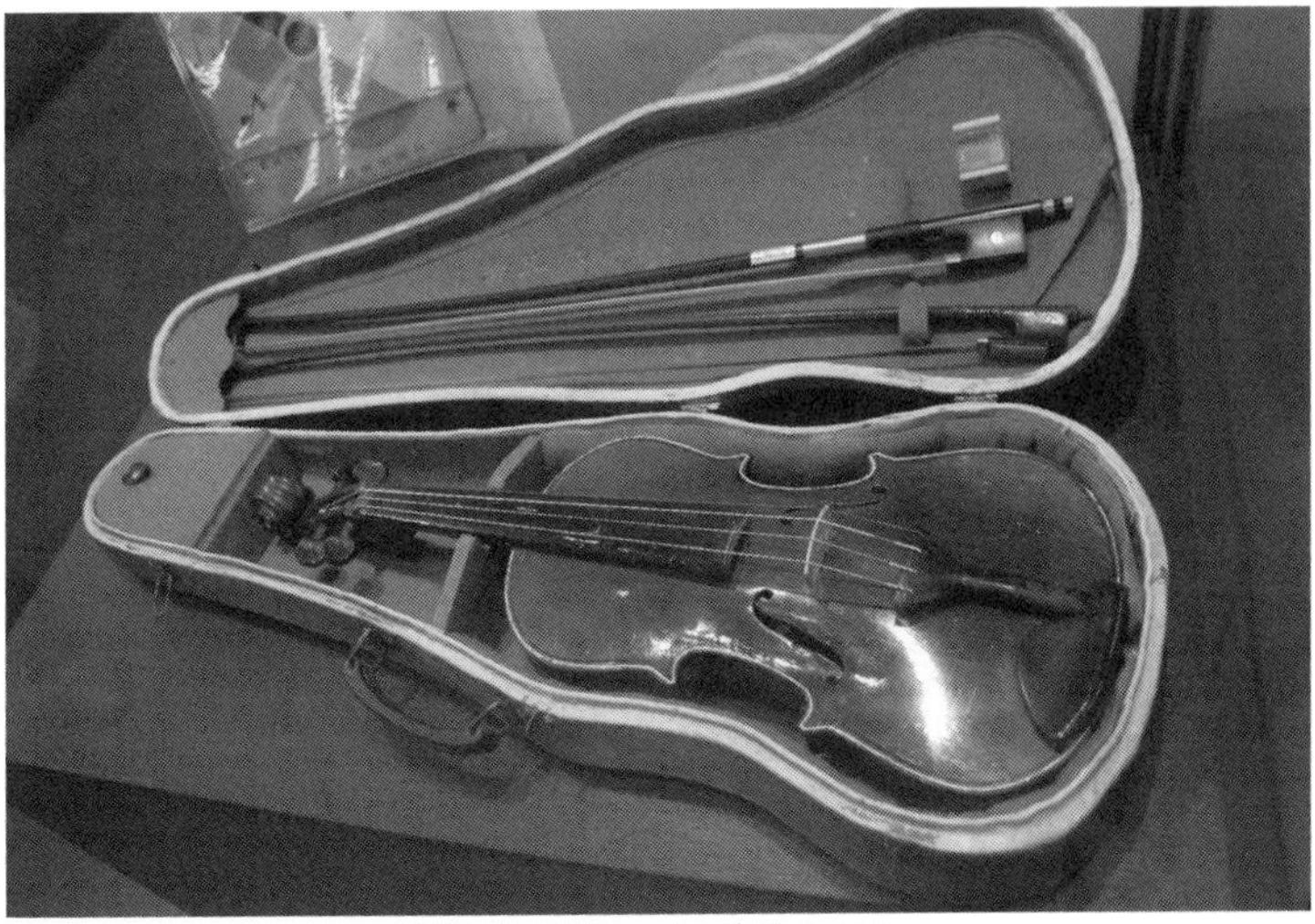

新生らが作ったバイオリン

連）にアピールするためだった。撮影の理由は、人権を宣伝するためなのだ。蒋介石は新生訓導処に、政治犯ではなく、管訓する必要な犯人だと言いふらすため、新生に人権があること、重視されていることを強調するために、色んな活動の写真を撮りたかった。政府のメディア中央社だけでは、長期駐在が難しいから、新生の中に撮影に専門の人を探した。本来、欧陽文と陳孟和の二人の新生が選ばれた。管理当局が宣伝をするため、二人に撮影させた写真は、白色テロを体験してない後世にとっては、重要な記憶の財産となった。また、政府が宣伝するための写真が、自分が執行した白色テロの証拠になることは、何よりの皮肉ではないだろうか。

次は、数人の政治受難者を紹介する。

欧陽文氏は一九二四（大正十三）年生まれ、少年時代から画を書くのが好きで、二二八事件で惨殺された画家陳澄波先生に師事したことがあった。一九五〇年五月三十一日に、就職先の台南永福国民小学校の宿舎で逮捕され、同年の九月に「呉坤煌等反乱案」に関わるとされて、さらに陳澄波の同志と言われ、有期十二年の判決を受け、火焼島へ送られた。軍法処に拘留されている時に国防医学院へ送られ、解剖実験の対象とされ、未麻酔状態で腹にメスを入れられ盲腸を切られた。手術終了後も痛め止めの薬を与えられないまま放置された。運が良かったので、命を落とすことまでにはいたらなかった。

高度なセンスを持ち、撮影や取景などがうまくて、訪問客の専門カメラマンに指定された。欧陽氏は、新生の生活を記録しながら、火焼島の人文風情をこっそり撮影した。ある時、国防部総政治作戦主任の蔣経国が新生訓導処を訪問し、欧陽先輩が撮影カメラマンに指定された。欧陽氏はそのチャンスをうまく利用した。蔣経国主任が火焼島を出る時に写真を持って帰るという理由で政治指導員を説得して、現地での現像部屋を作る許可を得た。それによって、そこで撮った様々な写真を現像することができ、簡単に保存することができた。その後、欧陽氏は「克難英雄」（困難に打ち勝ち、克服した英雄）と呼ばれた。翌年、その政治指導員は「国軍克難英雄」に選ばれた。当時、軍人がこの賞を受けるのは大変名誉なことであった。欧陽氏は、五〇、六〇年代の火焼島の実状を数多く記録し、歴史学者と社会学者などに研究材料を残してくれた。ある時、欧陽先輩は取材に応じて、その心境を語った。「火焼島に着いた時に、住民は男女問わず皆上半身が裸であった……、写真を残せば、百年後、二百年後、いつかは人類学者、社会学者と歴史学者の研究材料になるだろう」と述べた。一九八七年、戒厳令が解除され、欧陽氏は、「私は昼夜問わず描くことを続けるのだ。私の筆で我々の世代の悲しみと抵抗を記録するのだ」と言った。そして、絵をたくさん描いて残した。

陳孟和氏の実家は元々写真館を経営していて、撮影に必要な器材は簡単に入手でき、扱うのも慣れていた。したがって、管理当局から、記録撮影係に指定された。また、現像に必要な関連設備について、図面を描いて新生の大工に作らせた。撮影や写真館以外に、陳孟和氏もバイオリンを作った。お姉さんの娘のためにバイオリンを作った。ケースまで揃った。晩年の陳孟和先輩は、政府の人権教育のために、全力を尽くした。二〇〇二年にすでに振れている手で、火焼島新生訓導処の全景の油絵を描いた。青島三番地の国防部軍法処や、新生訓導処にいた時の生活風景など、スケッチを完成させた。緑島人権博物館の展示場の設置作業、新生訓導処の復旧作業も手伝って、長期緑島に留まって指導してくれた。陳孟和先輩の景色や、風景、位置、距離感などに関する記憶力は驚くほど発揮し、我々後世に記録を残してくれた。

楊逵、本名は楊貴、一九〇五（明治三十八）年生まれ、小説家だった。一九二四年に日本に留学し、日本大学芸術学部文学芸術家の夜間部に進学した。当時、日本で流行り始めた労

写真の現像機

働運動と学生運動に興味を持っている楊逵が、反田中義一内閣のデモに参加し、また在日朝鮮人の活動を支援して逮捕された。台湾に戻った後、一九三二年に日本語の小説「新聞配達夫」を発表して、小説家の地位を確立すると同時に、魯迅の『阿Q正伝』など多くの中国新文学小説を日本語に翻訳していた。一九四九年には執筆した「和平宣言」により十二年懲役の判決を受けて、緑島の新生訓導処に移送された。楊逵は「人道的社会主義者」を自称し、その作品は台湾では一時期禁止処分になったことがあったが、その後台湾の民主化に伴い、社会が開放されたので、楊逵の小説「つぶれないバラの花（圧不扁的玫瑰）」が中学校の国語教科書に取り上げられ、教材として採用されている。楊逵は「私は世界で一番高い原稿代を頂いた。数百文字の文章を

新生訓導処のイメージ
（陳孟和描き、提供）

書いて、十数年の飯が喰えたからだった」と自嘲したことがあった。楊逵は日本時代に十数回逮捕された体験歴があり、監禁された日数はトータルで一年足らずだったが、一枚の《和平宣言》（八百文字ぐらい）のために、国民党から有期懲役十二年の判決を受け、集中キャンプに収容された。

涂南山氏は新生訓導処で畑の野菜を作りながら、矢内原忠雄先生の《イエス伝》を翻訳した。翻訳は日本語単語を英語単語に訳して、その後北京語に翻訳した。翻訳した原稿は、畑の小屋に隠していた。新生訓導処は本来キリスト教の書籍を禁止していたが、一九五六年頃のある日、周聯華牧師（蔣介石、宋美齢夫婦の家庭専属牧師）が訪問したのがきっかけで解禁になった。その後、聖書やキリスト教関連の書物が読めるようになった。
柯旗化氏、文学家、英語先生、著書《新英文法》(New English Grammar)は、高雄の第一出版社が一九六〇年九月に出版して以来、二〇〇九年三月までに第百四十四刷となった。台湾の中学校から高校生まで知らない人はいないほどの英語の参考書である。監禁中、奥さんは毎年外国製のクリスマスカードを買って、子供に送った。お父さんが海外へ留学していると偽るためだった。晩年、《台湾監獄島》を書いた。

胡鑫麟医師、新生訓導處の医療室を運営しながら、ギターを作ったり、星座図を描いたりした。胡医師が息子胡乃元氏(国際的有名なバイオリニスト)に残した星座図がある。先生は冗談で、「もし緑島を抜け出したら、太平洋上でこの星座図があれば迷子にならずに台湾に戻ることができる」と息子に言った。胡医師は台湾の文化が中国人によって破壊されたことを回復しようと思い、台湾語の辞書(実用台語小字典、分類台語小辞典)を作成した。

これらの才能溢れる人材が「反乱犯」、「共産党」という出鱈目な恐ろしい罪名で、新生訓導処という強制重労働集中キャンプに収容され、監禁されていた。独裁者蒋介石個人の政権維持のために、生贄となられた。

現在の緑島人権博物館パークの周辺に、壮大な岩や囲い塀にスローガンが書かれてあるのが見える。「滅共復国」、「反共必勝、建国必成」、「反攻大陸・解救同胞」などの文字が大きく書かれ、残っている。これらの文字を書いたのは、普通の職人ではなく、学校の美術の先生らであった。本来、生徒へ美術を教える教師、絵を描く画家が、宣伝のスローガンを書かせられた。今の時代、そういうスローガンを見ると、違和感を覚えるに違いないが、逆にその時代の荒唐無稽さを垣間見ることができる。やはり、敗戦の大将蔣介石の精神を慰めるのは、こういう自己満足な物しかなかったのだろう。一度中国大陸を失ったから、悔しさの余り撤退を「転進」とまで称すのだから、口先だけでも勝利、勝利、勝利と言わなければ、収まらないのだろう。何という情けない心理だ。

アトラクション

アカペラ合唱団については先述したが、その後オーケストラの楽団まで作り上げた。楽団は通常の節目の演奏だけに留まらず、政府の要人、外国の訪問客が新生訓導処を訪れるたびに、必ず音楽会が開かれた。林義旭先生が楽曲を編成して、自ら楽団の指揮を担当していた。蘇友鵬は第一バイオリニストであった。その他、サックス、ミドルウーファ、トロンボーン、ラッパ、ドラム、ボンゴ、ギターなどがあった。そして、常に重要な訪問客の訪問に備え、

巨石上のスローガン

楽団は一所懸命に練習を繰り返していた。そしていつも皆を楽しませた。オーケストラ楽団が演奏した楽曲は、ベートウェンの交響曲や、美しく蒼きドナウなど多々あった。

最初、管理する官兵のために京劇がよく披露されたが、新生のほとんどは北京語がわからないので、台湾独自の台湾語オペラや演劇が始められた。それが評判になり、娯楽があまりない住民にもぜひ見せて欲しいとの要望が殺到。その後、旧暦正月の行事として、オペラ劇団は訓導処を出て住民の村や部落へいって、披露してあげた（これも、官民交流としての当局の考えが潜んでいたから、できたことだった）。台湾語オペラも結成され、その後、演劇、ドラゴン＆ライオンダンスなど様々なパフォーマンスが加えられ、新生だけではなく、現地の住民たちも楽しませた。

新生楽団練習中

蘇友鵬のバイオリンソロ

演劇

女生分隊の舞踏、管理当局は蔡瑞月[5]がモダンダンスの専門家であることを知って、彼女に女生分隊へ舞踏を練習させた。ある夜の会合で女生分隊の舞踏を披露させた。男性一色の新生訓導処で、若い女性の舞踏だから、新生たちを驚かせ、大評判になった。前出の蔡焜霖氏はあの夜のことをよく覚えている。「突如、舞台で女性が踊り始めた。最初はうまく仮装しているなあと思ったが、よく見ると本当の女性が踊っているのに気が付いた。男ばかりの新生訓導処だから、女性は珍しくて、あれは天女のように見えたよ」と話してくれた。一九五四年に女生分隊が撤廃され、その舞踏の演芸は新生にとって忘れられない記憶になっている。

運動場や水泳プールも作り、運動会が開かれた。バレーボールやバスケットボールなどの試合も行われていた。

しかし、アトラクションとは言え、本来の目的は新生を慰めるのではなく、あくまでも対外的な宣伝がメインの目的であった。国際社会（特に国連と米国）に、新生訓導処に監禁しているのは「反乱犯」であって政治犯や思想犯ではない、監禁しても人権を重視して苦しめてはいないと強調したいのだ。さらに、住民との親睦交流を通して、軍民の間の親しい関係をアピールするメリットもある。もちろん、管理当局はアトラクションを行うことによって、監禁している新生の緊張を和らげる効果があると密かに考えていたことは否めない。

一九五七年、アメリカ駐「中華民国」大使カール・L・ランキン（Karl L. Rankin）が火焼島の新生訓導処を訪問した。ランキン大使は駐台期間中に、中華民国の人権問題に注目した。そのため、国防部総政治作戦部の蔣経国主任がランキン大使を案内して、新生訓導処を訪ね、参観した。蘇友鵬ら楽団はその訪問に控え、数ヶ月前から緊密な準備を始め、猛練習した。彼らは十三中隊近くの海に面した「燕子洞」で練習していた。燕子洞は天然鍾乳石でできた洞窟である。楽団の練習のため、臨時舞台まで作った。美しい海辺の燕子洞でオーケストラの楽曲を練習することは、何という風流なことか。

燕子洞のエピソードがある。新生が火焼島へ移送された後、ある時よからぬ噂が広まった。中国共産党が台湾に侵攻して来たら、管理当局は新生全員を燕子洞へ連れて行き、洞窟ごと

燕の洞窟
(演劇の練習場)

爆発するとの噂であった。こういう噂が広められるのも、国民党政府の残虐性がすでに皆に知れ渡っていたからだろう。

不自由な中のわずかな小さな幸せ

蘇友鵬ら千人を超えた新生たちは、火焼島という離れ島での強制集中キャンプに収容されていた。時間が経つにつれ、早朝の点呼と就寝前の点呼以外の、昼間の新生訓導処の管理は少しずつ緩めるようになった。重労働集中キャンプとはいえ、管理当局から見ると、どうせ逃げられないからだろう。台湾本島に戻りたくても、遠くて手の届かない所である。脱出の方法がないのだ。したがって、水泳が大好きなで、中学校時代の夏休みによく嘉南大圳へ水遊びに行った蘇友鵬は、よく昼休みの時間を利用して海辺へ行き、水泳をしていた。蘇友鵬にとって水泳はストレス解消になる。彼は晩年まで、週三回ベースで水泳を続けていた。

一度、蘇友鵬は水泳の得意な難友数人と、訓導処の牛頭山の海岸北東部から三、四百メートル離れた珊瑚礁、鬼ヶ島へ泳いで行った。一時間近くかけて泳いでいて、辿り着いたら、珊瑚礁は海鳥の糞だらけで、何もなかった。彼らは少し休んでから、ただちに戻ってきた。これは探検と言うより、命がけの大きな冒険であった。もし見つかったら、唯ではすまないからだ。逃亡だと言われても、言い訳はできない。普段の変わらない生活の中での、わずかな幸せともいえよう。

蘇友鵬と同じ第五中隊の難友に楊国宇氏がいる（高校三年の時の一九五一年、特務に逮捕され、「反乱組織に参加」の罪で有期懲役十年の判決を受け、火焼島へ送られた）。楊国宇氏は昼休みの時間に、よく蘇友鵬と海辺へ行った。ただし、楊国宇はただ水泳に行っただけではなく、見張り役だった。楊国宇が見張って、蘇友鵬が自家製のゴーグル（現地で取れた柔らかい木材を使って自分の顔に合わせて作った）を使って、海に潜って、魚やウニを獲るのだ。ウニを獲っては二人で食べた。楊国宇は、新鮮かつ美味しいウニを食べていたことを思い出として話している時に「あの美味しいうには世間で最高な味だった。一生忘れられない味だった」と言った。

鬼ヶ島

楊国宇氏はさらに、蘇友鵬にバイオリンを学んでいた。ホーマン（HOHMANN）バイオリン実用方法の第一冊から、第四冊までを学んだ。二人はよく畑へ行ってバイオリンを練習していた。「蘇友鵬先輩の指導は厳しかった」と楊国宇氏が言う。そのためか、楊国宇氏も熱心に学んで、釈放後も練習を怠ることなく、ずっと続けていた。

その後、ヨーロッパへの出張時に高価なバイオリンを買って楽しんでいた。晩年、楊国宇氏は昔蘇友鵬が難友林烈臣氏と一緒に演奏していたオーストリアの作曲家フランツ・フォン・スッペ（Franz von Suppè）の喜歌劇「詩人と農夫」序曲を蘇友鵬に話して、「一度一緒に演奏しましょう」と誘って、「今手元に楽譜があるから、探そう」との返事を受けたが、それは実現できなかった。楊国宇氏は、そのことを残念がって、ずっと嘆いていた。

新生黄石貴氏は元々石の職人である。火焼島で石臼を作って、現地の住民にあげた。住民の田氏の家族が今も大事に保管している。現地の住民は今もなお、当時の新生た

水中眼鏡

ちとの交流の話をよく口にしている。

註

1　土城生教所：正式な名称は台湾省生産教育実験所（略称：土城生産教育所）で、一九五四年に創立していた刑務所であった。一九七二年に名前を台湾仁愛教育実験所に変更され、「土城仁教所」、「土城仁愛荘」とも呼ばれていた。一九八七年に撤廃され、現在は国防部管轄の後備指揮部となる。

火焼島の女生分隊を撤廃し、全員をここに移した。また、その後、刑期終了直前の犯人をもこの生教所に移され、釈放前の最終教育訓練を施していた。

先の副総統呂秀蓮女史、高雄市長の陳菊（現在監察院長を務めている）女史も「美麗島案」のために、この生教所で監禁されたことがあった。

2　林恩魁医師：一九二二年、高雄に生まれ。幼少期父親に連れられ、インドネシアへ渡って、小学校の四年の時に台湾に戻り、一八歳で再び日本へ渡り、高等学校へ入学し、そして東京帝大の医科に進学した。終戦後台湾大学で、未完成の医科教育を受け、卒業した。有期懲役七年の判決を受けた。釈放後は高雄に戻り、岡山で林外科を開業した。信仰心深いクリスチャンであって、定年後は、台湾キリスト長老教会が長年使われていたローマ字の台湾語聖書を、漢字に書き換え、聖書公会に寄付した。

3　限地内科医：「日本時代に、総督府は「台湾医術規則」を制定し、台湾で医療業務を執行する者は「医術開業准状」、或いは「医師許可証」を持つ義務が付けられている。しかし、当時の台湾の特殊状況を考慮し、山間部や僻地の地域に、上記の許可を持つことが難しいことであって、特別に許可なくても一定の技術審査を受けることを前提にして、地域限定、期間限定の医療行為を認めることとする。これが山間部や僻地などの地区の所謂「限地開業医規則」である。日本冶台の初期、「限地開業医」は僻地の医師の不足に応じる医療政策であって、教会病院が技術者を訓練して、都市部以外医師のいない僻地での医療を満たす手段で、三年ごとに再申請が必要とし、正式な医師がいつでも代えることになる。一九二二（大正十一）年、台北医学専門学校の三年制特別科が設置され、その生徒が卒業して、公立病院或いは赤十字社の台湾支社病院で実習を経た者は、試験なく限地での執業が許される。同年、限定開業医規則も廃止された。

4　蔡焜霖氏：一九三〇年台中の清水に生まれ、お兄さんは司馬遼太郎の台湾紀行に出た「老台北」の蔡焜燦氏であった。高校台中一中時代に、先生の誘いに応じ、読書会を参加したのがきっかけで、逮捕され、電気などでの厳しい拷問を受けた。そして、「台北電信支部案に関連」という全然関係ない罪名で、十年有期懲役の判決を受けた。蘇友鵬と同じく第一期の新生であった。釈放された後、念願の台北師範学院の試験を受け、合格したが、政治犯の前歴あると言う理由で中退せざるを得なかった。出版社を創立し、有名な《王子》、《濃濃》雑誌を出版した。また、台東紅葉少年野球を支援して、日本の優勝の少年野球との試合と実行させ、台湾の少年野球の発展に多大な貢献をした。国華広告の副会長で定年を迎えて、その後蘇友鵬と一緒に、台湾の人権教育、移行期正義の執行などに心力を尽くしている。現在、人権博物館の諮問委員をも勤めている。二〇一八年緑島での人権博物館の看板揚げの式典に、受難者代表として挨拶する時に、「誰が私の友人を殺したか?」との演説をして、同席の蔡英文総統に、一日も早く歴史真相の究明を嘆願した。

5　蔡瑞月：一九二一（大正十）年台南で生まれ、三七年台南第二高女を卒業し、日本へ石井漠の舞踊研究所へ入門、四一年石井綠に師事した。四六年台湾に戻り、故郷の台南で蔡瑞月舞踴藝術研究所を開設、四七年雷石楡と結婚。四九年雷石楡は国民政府に追放され、蔡瑞月も逮捕された。その後、火焼島の新生訓導処へ送られた。新生訓導処で、女性分隊の女生新生たちに踊りを教えて披露し、新生訓導処の新生たちを喜ばせた。監禁中、《母親の叫び》の舞劇を創作した。この劇は現在もよく公演されている。釈放後、台北で改め「蔡瑞月舞蹈藝術研究社」を開設した。九九年に「蔡瑞月舞蹈藝術研究社」が台北市市定文化財に指定され、同年十一月に「蔡瑞月文化基金會」が成立された。

第三章　移行期正義

悲惨な台湾の歴史

台湾の元総統李登輝氏は作家司馬遼太郎の取材を受けた時に、「台湾人に生まれた悲哀」と述べた。なぜ、李登輝先生はそうおっしゃったのだろう。

日本時代

十六世紀半ば、ポルトガルの商船が極東アジアに来て、台湾の近くを航行中に綺麗な台湾島を見て、思わず「ＩＬＬＨＡ ＦＯＲＭＯＳＡ」（イルハー フルモーサ、美しき島、美麗島）と叫んだ。「ＦＯＲＭＯＳＡ」はそのまま台湾の代用詞として、戦後まで長らく欧米で使われていた。この新しい発見によって、台湾は世界の舞台に立った。同時代、豊臣秀吉もルソンへ行く途中に「高砂島」（台湾）があることを知り、高砂島への興味を示した。十七世紀に入り、世界初の株式会社と言われるオランダ東インド会社は台湾南部に上陸した。そして一六二四年から一六六一年までの三十七年間、台湾を占拠した。その後、鄭成功に負けて撤退した。一六八三年、鄭成功の孫・鄭克塽が清帝国の海将・施琅に降伏した。海を知らない大清帝国は元々台湾を見向きもしなかったが、施琅の極力な勧めで、台湾は清帝国の版図に編入された。しかし、清帝国が台湾を領有しているとはいえ、本当に治めていたのは台湾西部に限られた平坦な地域だけで、台湾の経営に力を入れることはなかった。行政区として台南に台湾府を設立し、その下に三つの県（台南、鳳山、嘉義）が区分され、すべてを福建省の管轄下に置いた。台湾を「化外の地」と呼んだ。要するに、大清皇帝の統治する地域の外にあって、天朝の文化圏から排除したのだ。そして、台湾の住民を「化外の民」と呼び、清国皇帝の支配外にある人と見なした。

一八九四年、日清戦争が勃発し、清帝国は大敗を喫した。翌年の一八九五年四月十七日、日本の総理大臣・伊藤博文と清国の全権代表大臣・李鴻章とが山口県下関で、「日清講和条約」を結び、清国は「鳥不語、花不香、男無情、女無義」（鳥は鳴かず、花は香らず、男は情けがない、女は義理なし）と称する台湾を快く日本に割譲した。その日をもって、台湾は日本の領土になった。

元々清国が台湾を所有していた地域は、西部の沿岸部、ごく限られた平坦地のみだった。末期になって清国は台北に「巡撫衙門」（台湾を統治する行政長官署）を移した。福建から台湾に派遣された官吏は左遷された人ばかりで、台湾に着任した後は本腰を入れて、台湾を経営、建設することはなかった。逆に、いつか大陸に戻ることのみを考え、汚職に尽力しながら、大陸に戻ることを図った。結局、台湾を日本へ割譲したことも台湾に伝わることなく、そのために日本の先遣部隊の軍艦が台北の淡水港に近付いて寄港しようとした時、港の防守軍が誤解して発砲したことさえ起きた。

台湾を取得した日本が考えた計画は、台湾の資源や労働力で内地の需給を満たすことだった。日本が欧米諸国の植民地主義を真似て台湾を取ったが、欧米の植民地圧迫搾取方法は採用せず、台湾をうまく利用するために、何が良いかを考え、基本的な地理調査に着手し、関連調査を緻密に行った。続いて、基礎的なインフラを建設し、衛生の改善、医療の強化、水力・電力の資源開発、農業の研究発展に力を尽くした。各地に学校を設立して、強制的な国民教育を実施し、台湾人の水準全般を向上させた。教育に関しては、差別化はたしかに否めないが、優秀な台湾人の若者に対しては、日台問わず同じ教育を施した。そのため、各業種で台湾人の人材が培われた。日本の台湾領有五十年間の建設が、のちの台湾産業経済発展の基礎になったことは、否定できない事実である。

終戦……狗去猪来（犬が去りて、豚が来たる）

一九四五年八月十五日、昭和天皇の「玉音放送」により、台湾での五十年間の統治に終止符が打たれた。その日、二等学徒兵・蘇友鵬は、駐屯地の五股で、ラジオ放送を拝聴した。放送の聞きなれない声が台湾の運命に大きな変化をもたらし、さらなる悲惨な運命になることを誰が想像できよう。蘇友鵬は二等兵から一等兵に昇進し、戦争終結の喜びと先への不安感とが混じる気持ちで、台北市内に寄って、一旦故郷の台南に戻った。同年九月二日、連合軍の司令官マッカーサー将軍は「一般指令第一号」を発し、アジア各地にいる日本軍隊の降伏を命じた。その内、「中国（満洲ヲ除ク）、台湾及北緯十六度以北ノ佛領印度支那ニ在ル日本国ノ先任指揮官並ニ一切ノ陸上、海上、航空及補助部隊ハ蔣介石大元帥ニ降伏スベシ」と指示した。蔣介石はその指示を受けて、陸軍総司令の何應欣将軍を降伏の代表責任者に命じた。何應欣将軍はその命を受けて、陳儀を台湾の降伏代表に指示した。十月二十五日、日本軍の責任者、台湾総督兼日本陸軍第十方面軍の司令官・安藤利吉大将が「一般指令第一号」にしたがって、台北公会堂（現在の台北中山堂）で同盟国の代表、中国から来た陳儀に降伏し、受領書を受け取った。同日に、陳儀は台湾が中国によって「光復」（復帰）されたことを大々的に宣伝した。台湾社会も「祖国」へ復帰したことを喜び、各地で祝いの活動が行われた。

その前の十月中旬、蘇友鵬は基隆の港へ行って、中国からの軍隊を歓迎した。しかし、すでに頭に刻んでいる乞食軍団とあまり変わらない中国軍のみっともない服装や、雑乱な軍記の風景は、簡単に忘れることができない。中国軍が台湾に来てから、台湾社会に与えた衝撃は、台湾人を混乱の淵に陥れた。

台湾独立を主張して、政治的な迫害を受けた郭振純先輩は、十九歳の時に徴兵に応じて日本陸軍に入隊して、歩兵第四十七聯隊に編入された。聯隊の本拠地のインドネシアへ行く前、台湾最南端の留守部隊で幹部候補生の訓練を受けている時に終戦を迎えた。郭振純先輩はのちに二二八事件の時に反抗活動を参加して、一九五三年に逮捕された。郭氏は「連続して反乱集会を参加した」という捏造の罪で、無期懲役の終身刑を受けた。一九七五年、蔣介石の逝去によって減刑され、釈放された。合計二十二年間も監禁された。郭氏は終戦後、軍隊から復原、故郷の台南に戻った。彼は、目撃した中国軍隊の風景を証言した。

「中国軍隊が汽車で台南に来ることを聞いて、私は見るために駅へ駆けつけました。列車が止まって中国軍人が続々と降りてきました。私が彼らを見た瞬間に、自分の目を疑いました。これが本当に軍人ですかという疑問が消せませんでした。小学生の頃に、漫画で戦場にいる軍人を見ました。当時の漫画は宣伝するために、よく中国軍隊を酷く描きましたが、私の記憶のその酷さよりもひどい姿の中国軍人が私の目の前で汽車から降りてきました。……私も日本軍として訓練を受け、武器と服装は天皇陛下ご下賜の大事な品であって、それを汚すのは天皇陛下に申し訳が立たないと教わりました。毎日起床してから、まずは身なりを綺麗に整えるように訓練を受けました。常にユニフォームをきちんと着服し、靴を磨いて、自分の姿を綺麗にすることが軍人の心得であります。中国から来た軍隊は酷すぎましたよ。……彼らは台南駅で集合もせずに、駅前の広場で散乱して、小銃を床に置いて、あぐらをかいた人、雑談をしている人、寝転ぶ人、本当に見るのが耐えませんでした。その中に一人、ちゃんと綺麗なユニフォームを着ている将校がいました。彼は駅長の案内で駅長室に入りました。駅員は彼にタバコに火をつけたり、お茶を上げたりしました。その将校はタバコを美味しく喫して、お茶をひと口飲んでから、なんとそのまま床に痰を吐きました。私はそれを見た瞬間、本当に呆れてしまいました。日本軍はこんな軍隊に負けるはずはないんだ。日本軍はアメリカの二つの原爆に負けたのだと自分に言い聞かせました。そして、がっかりしながら台南駅を離れました」

郭振純は日本兵だけではなく、幹部候補生に選ばれた人であって、軍人の規律、軍人としての心得をしっかり持っているから、中国軍隊のみすぼらしい身なりと衝撃な行動に失望感を覚える気持ちは普通の人よりも強かったのだろう。

十月二十五日、やはり降伏式典という、台湾に大きく影響するイベントであり、港でがっかりした蘇友鵬も元気を出して、欠席せずに台北公会堂へ向かった。しかし、中へ入ることはなかった。その日、台湾社会全体は歓楽の雰囲気の中で過ごした。

しかし、台湾に来た中国人（政府役人、軍人）は戦勝国を代表する驕る態度で、台湾社会に君臨したのだ。台湾は彼らの略奪する戦利品としか思わなかった。台湾人は日本の植民を受けた奴隷としか見なさなかった。

終戦時の台湾社は識字率が七十パーセントを超えていたのに対して、中国は三十パーセント未満であった。台湾に来る人、特に軍人はもっと低いはずだ。五十年間の日本統治を経て、台湾社会の法治化が大変進でいるのに比べて、中国人は法律には無感覚で、違法行為は日常茶飯のように行われた。戦勝国との誇りで、乱暴悪行をやりたい放題に振る舞った。近年中国の経済発展に伴って、海外への観光客が増えて、外国へ行った中国人の周り構わぬ振る舞いに呆れる人が多いと思うが、もしそれの数倍、数十倍の酷さとすると、皆から反感を抱かれることになろう。

戦後の台湾によく伝わっている、いくつかの例を紹介しよう。

中国軍隊は、台湾の街で自転車を乗っている人を見かけた。自転車を欲しいと思って、街に置いてある自転車を盗んだり、奪ったりした。しかし、自転車に乗ることができず、それを背負って帰ることがよくあった。

水道水のことを知らず、店で蛇口を買って、棲家の壁に穴を開けて蛇口を据え付けた。しかし、水が出るはずもなく、店の旦那に不良品を販売していると抗議した。

郭振純は台南で発生したある出来事を話した。「台南市内に駐屯している中国軍人が、ある日人が亡くなりました。その同僚は棺屋へ行って、棺を一つ買いました。店の旦那に領収書を求めて、実際買った価格を上乗せる金額を書かせました。そして数日後、使っていない棺を返品に来ました。領収書に書かれた金額の返金を店に強要しました。結局店は商売するどころか、逆に損を喫しました」。

台湾を戦利品と見なした中国人の「接収」が「劫収」となった。几帳面な日本人が整理して作成した物資、財産のリストは、中国人の略奪の絶好な参考にされた。そのため、台湾社会のあらゆる物質欠が相次いで大混乱を起こした。本来日本の重要な米倉であった台湾が食糧不足に落ちて、一日にして米の価格が数百倍にも上がって、生活が困難になりかねない状態になった。台湾人が歓迎した祖国、中国人はいなご集団のように台湾のすべてを一掃し、何もかも空にした。

金融財政も悪化し、インフレーションが発生し、紙幣の発行がおかしくなった。一九四五年の終戦に伴って、本来日本政府が発行した台湾銀行券が使えなくなって、四六年に「臺幣兌換券」（旧台幣）が発行された。しかし物価の高騰によって、紙幣の発行が追いつかず、財政に大きなトラブルを起こした。台湾省政府はやむをえずに四九年に現行の新台幣を新たに発行した。両替レートは、旧台幣四万元を新台幣の一元として、紙幣の両替が行われた。台湾人は大変な損失を被った。

アジアの一等地とも言われる台湾は終戦と共に、悲惨な状態になった。台湾人は「狗去猪来」（犬が去りて、豚が来たる）の諺を作って、台湾社会で流行り始めた。台湾人の心境は、日本人は厳しくても番犬のように必ず家を守るが、対照的に中国人は豚のように食べ放題で汚れ散らかすことしかできないから、それを例えた嘆きである。

また、台湾社会に二つの台湾語の詩もよく巷でよく詠われた。

「台灣光復真吃虧、餓死同胞一大堆、物價一日一日貴、阿山一日一日肥」。（意味：台湾は光復によって大損をした。数多くの民衆が飢え死にされた。日毎に物価が高騰し、外省人は日毎に肥えていく）。

「盟軍轟炸驚天動地、台灣光復歡天喜地、官員接收花天酒地、民生痛苦呼天喚地」。（連合軍の爆撃は天地を驚かして、台湾は光復を喜んだ。接収にきた官吏は飲み遊び放題で、民生は苦しまれ、天地に助けを求めている）。

また、アメリカ国内では、中国が台湾で行っている略奪を報道した新聞紙があった。ワシントンダイアリー新聞紙一九四六年三月のトップニュースに、タイトルは、「中国が日本より悪質に台湾を搾取している」と示した。中には、「…World War II brought B-29 raids to Formosa, and liberation brought the scarcely more welcome visitation of Chinese bureaucracy. (Formosans use the adjective "Chinese" as a synonym for inefficiency and confusion.) …」（第二次世界大戦によって、米軍B29の爆撃を台湾に持ち込んだ。そして、「光復」によって、不歓迎な中国人が来られた。（台湾人は、〃中国人〃を無能と混乱の代用詞とする））

その後、四月に米紙 The Pittsburgh Press は連日台湾の惨状を報道した。タイトルは「THE Tragedy of Taiwan」（台湾の悲劇）であった。記事の中に、「独裁中国が台湾の日本政府に代わった」や、「台湾は中国の搾取の対象になった」などが報じられ、中国から台湾に来た政府の腐敗、汚職、イナゴのような略奪の状況を詳しく描いた。

一九四六年六月、米雑誌タイムがさらに特集記事を刊行した。タイトルは「This is the Shame」（これは羞恥だ）であった。記事の中に、「……Formosans greeted the few visiting Americans with: "You were kind to the Japanese, you dropped the atom on them. You dropped the Chinese on us!"……」（台湾人は台湾を訪問する数少ない米国人に嘆きを訴えた。あなた

たちは日本に対して慈悲であった。あなたたちは二つの原子爆弾を日本に投げたが、私たちに中国人を投げたのだ）が書かれている。

二つの原爆は広島と長崎に多大な損害を与え、被害者も数十万人に上った。その影響は今日まで続いているにも関わらず、台湾に投下した中国人の方が原爆よりも酷かったのは、皮肉と言えようか。確かに、独裁政権の白色テロ時代の社会への迫害、終戦後から今日にいたる台湾の国家としての国際地位、中国の絶えない統一の威嚇を見れば、状況はまさしくその通りであった。

二二八事件

一九四五年十月二十五日の「光復」によって、台湾は日本から離脱した。連合軍司令官マッカーサー元帥の指令によって、台湾は中国の国民政府代表の陳儀行政長官に占拠された。征服者の態度を取った陳儀長官らが台湾を略奪して、行政長官公署をはじめ台湾に来た中国官吏と軍隊が台湾で暴力を振るい、汚職が横行した。台湾民衆はこれらの暴政に呆れて、怒りが爆発する寸前だった。そして、引き金となる事件が起きた。一九四七年二月二十七日の夕方、専売局の取締役人が台北市内の繁華街での密輸タバコ取り締まり行動での横暴な挙動によって、一人が負傷して、一人の民衆が殺害された事件がきっかけになって、翌日には堪え難い台北市民がデモを発動した。行政長官公署前の広場でデモ隊が抗議している時、公署の建築物の屋上から衛兵が機関銃を発砲した。

単純なデモ抗議活動に対しての無差別発砲で、数人の台湾人が殺害された。その情報がラジオを通して台湾全島へ放送され、事件は急展開する。一年半に亘る中国人に対する不満、怒りで堪忍袋の糸がきれて、各地で中国人に対する報復行為が続々とあった。台湾社会はすでに我慢の限界を超えたのだ。台北市内での出来事の消息が台湾全島に伝えられ、各地が一気に外省人（中国からきた人を指す、台湾の住民は本省人になる）反抗に乗り出すことは、やはり台湾社会全体がすでに中国人に怒りを耐えなかった結果だろう。

三月六日、高雄市で大量虐殺が行われた。この日、高雄市の「二二八事件処理委員会」が正式に結成された。高雄市政府のホールで会議が開かれ、参加者は事件をどう穏便に解決するかを議論していた。会議終了後、委員会の代表は高雄市の中心より少し南西の浜海に臨んでいる寿山（元の名は柴山）へ行った。寿山の麓に駐屯している高雄要塞司令官彭孟緝を訪問して、高雄市の治安問題を穏便に処理することを依頼した。委員会の代表は、高雄市の市長黄仲圖氏、市参議会の議長を務めている彭清靠氏、林界氏、涂光明氏、曾鳳鳴氏の五名であった。高雄市の代表は彭孟緝司令官に、軍隊の市民へ威嚇の発砲、射撃を自制するように要請した。また、委員会の改革案が提出するまで、軍隊はしばらく基地からの外出を控えるようにと願った。

しかし、彭孟緝は市長の黄仲圖氏を追い出して、残りの四人を監禁して、その内の三人を殺害した。それと同時に、彭孟緝は軍隊を率いて基地を出て、市政府へ直行した。ホールを封鎖して、発砲した。無辜の会議参加者、会議を見物している民衆が虐殺された。市政府のホールは殺害された人の血の海になった。轟の爆裂音と共に、無辜な人の叫ぶが聞こえて、尊い命が失われた。

高雄市での虐殺は六日の一日だけに止まらず、その後も高雄駅へ行って封鎖し、高雄中の学生や、駅を利用する市民を大量に殺害した。彭孟緝は高雄市の鎮圧成功の功績で、蔣介石の目出度い信頼を受けて、その後台湾省警備総司令にまでなった。台湾社会は彼を「高雄屠夫」と呼んでいる。

事件発生後、陳儀は台湾人に穏便な処理を図ることを装いながら、中国の蔣介石へ援軍要請の緊急電報を打った。三月八日に、中国からの援軍、再編成された陸軍第二十一師団と憲兵の第四団の台湾到着に合わして、陳儀は台湾各地へ武力鎮圧活動を強行した。無辜な台湾人が失踪、逮捕、殺害された。また、鎮圧を口実に台湾社会の知識人エリート層（司法官、大学教授、財政人、医師、メディア関係者など）を大量に逮捕した。逮捕された人たちはそのまま行方不明になった。

基隆は港で、中国からの援軍は上陸後、ただちに残虐な暴行を振るった。援軍は基隆に上陸してから、人を見るなり誰何《すいか》もせず発砲し始めた。完全な無差別殺人だった。その後、無辜な民衆をかき集めて数珠つなぎにし、腕に鉄糸を貫穿してから射撃した。倒れた死体はそのまま海に沈んで行った。たまたま数珠つなぎの最後尾にいた受難者の林木杞氏は、列の先に繋がれた人たちが被弾して、海へ倒れた勢いで引っ張られて、そのまま海に落とされた。運よく鉄糸を抜けて命拾いをした。戦場で敵を射殺するより、殺害の手段は極めて残酷であった。

長年、独裁政権の二二八事件についての公式な説明は、以下の通りである。「その一、台湾人は日本の奴隷化教育を受けたから、祖国へ反抗をした。その二、台湾人は共産党の欺きに乗せて、国民政府は止むを得ずに、軍隊を派遣して鎮圧し、動乱を平定した」。

しかし、近年歴史ファイルや公文書の公開によって、事件前後の関連証拠を調べた結果、事実は政府の説明とはかけ離れている部分が多く発見された。そして、政府は止むを得ず、二二八事件が「官逼民反」（官の逼迫による民の反乱）の事件だと説明を改めた。しかし、これが本当に事実真相だろうか？　どこかに隠しているファイルはないだろうか？　真相は正義感を持つ学者の諦めない継続的な追求に期待を寄せるしかない。また、政府がすべての隠しているファイルを公開し、歴史を直視することが求められる。

九〇年代後期、民主化に伴い、李登輝総統の政府が事件の被害者は約三万人と公表したが、前後の戸籍精査によると、事件後、行方不明になった人数は十数万人に上った。

したがって、二二八事件は本当に「官逼民反」と言えようか。蔣介石が事件の平定を口実に、台湾社会を一掃する計画はなかったのか。台湾人の優秀な人を一掃することによって、潜在的な反対勢力を消す陰謀が隠されていないか。

事件に関わる中国の官吏はその後、皆仕途が栄達になって、出世した。陳儀はその後蔣介石に処刑されたが、理由は台湾での責任ではなく、共産党に帰順する計画が露見されたからである。

二二八事件を通して、台湾民衆は「祖国」（中国）への憧れの夢が悪夢になった。事件後、殺された台湾の優秀な人材は、すべて日本政府が台湾統治の五十年間、丹精を込めて教育したエリートであって、中国の出鱈目な人材より優れていた。本来、台湾の戦後の建設を担うはずの台湾人の人材は、国民政府の残虐な手で命を奪われた。その後、台湾社会は蔣介石が主張する資本主義の汚職に呆れて、社会主義の正義、公平に心を寄せたことも頷ける。しかし、それがのちに、白色テロ時代に台湾社会の反対勢力を鎮圧する口実にもなった。

アメリカの学者、ランメル氏（R.J. Rummel）が書いた本《種族絶滅百科全書》（Encyclopedia of Genocide）の中に、二十世紀世界で九人の殺人魔をリストアップした。その第一人者は元ソビエト共産党の中央委員総書記スターリンである。彼は一九二九年から一九五三年の間に、四千三百万人を殺害した。二位は中国共産党中央委員会主席毛沢東、一九二三年から一九七六年の間に、三千八百万人を殺害した。三位はドイツ・ナチスのヒトラーで、一九三三年から一九四五年の間に、二千百万人を殺害した。そして、四位はなんと蒋介石である。一九二一年から一九四八年の二十七年間で、一千万人を殺害したのだ。しかし、今日の台湾に、蒋介石を記念する広大な記念堂（中正記念堂）が総統府の近くに聳えて、観光客を集めている。

偉大なる中国に二人の殺人魔（毛沢東、蒋介石）が出たのは、単なる偶然だろうか。一九八九年六月四日、北京で六四天安門事件が発生した。この時、中国政府は人民解放軍の戦車を北京市内に派遣し、デモをしている学生たちを引き摺り、殺害した。その残虐な画面が世界中に広められて、中国を強く批判した。なぜ、中国人は自国民に対して酷い無差別殺害を行ったのだろうか。同じ人類を無残に虐殺した罪は大きい。責任を厳しく追及すべきではないか。

軍事戒厳（白色テロ時代）

一九四五年の終戦に伴って、中国では蒋介石の国民党と毛沢東の共産党との間に、政権を争う激しい内戦が勃発した。政権の座を握っている蔣介石は、腐敗や汚職、賄賂、残虐などの悪行で中国国民の反感を買い、正義と公平を唱える毛沢東に国民の心は傾いた。そして、わずか三年半で、中国のほとんどが毛沢東の率いる共産党軍の手に落ちた。一九四九年一月、中国国民党はすでに多数の国民から嫌われ、背を向けたから、十六日に蔣介石が政府を広州に移して、二十一日に総統の職務を辞任した。十月一日、中華人民共和国が北京で成立し、同十三日に中華民国政府は重慶に移った。十一月二十九日、中華民国の政府はさらに成都へ移った。そして十二月、代理総統の李宗仁がアメリカへ亡命し、同十六日に中華民国政府は中国から完全に敗退して、台湾に撤退してきた。

中華民国が台湾に移る前の五月十九日に、蔣介石の腹心・陳誠の台湾省政府は軍事戒厳令を公布し、翌二十日の零時から実施することを公表した。この日をもって、世界記録の三十八年間にわたる軍事戒厳令が台湾で発効し、一九四八年に中国で公布した「動員戡乱時期臨時条款」を合わせて、台湾では長い暗闇の白色テロ時代が始まった。さらに、台湾（中華民国）の国家として国際地位が今日にいたっても国際社会から認められず、国際社会の孤児になってしまった。

実は終戦後一年経った一九四六年一月十二日に、陳儀台湾行政庁官公署は国際法に違反する行政命令を発した。本来、軍事占領地域の住民の国籍を変更することは国際法で禁止されている。日本が敗戦しても、正式に台湾放棄の条約を締結するまで、台湾人は日本の国籍を有している。戦勝国代表としての中国政府は、軍事占領地の台湾人の国籍を変更することはできないはずだが、陳儀は国際法を無視して、勝手に台湾住民の国籍を変えた。日本国籍を有する台湾人の国籍を中国国籍に変更したのだ。この違法な行為に関しては、さすがに蔣介石も国際上認められないと指摘した。英米両国政府は陳儀のこの行為に抗議したが、すでに手遅れであった。ただし、台湾に亡命した蔣介石はその後、それを良いことに台湾を自分の手に収めた。さらに、自分の権力の欲望のために、恣意的に台湾社会を制圧した。

蔣介石の権力を掌握する執念は並大抵ではない。一旦総統を辞めたが、再び総統に就任するという茶番劇な行為は、独裁者ならではのパフォーマンスと言わざるを得ない。一九五〇年三月一日、すでに中国大陸で下野した蔣介石は、台湾で「復行視事」（再び政務を見ること）して、総統に再就任した（中華民国の憲法に「復行視事」という規定はない。「復行視事」という言葉もなかった。蔣介石のこの行為は法律の根拠がなく、合法的とは言い難い）。同時に、息子の蔣経国を総統府機要室資料組「政治行動委員会」の秘書長を就任させた。政治行動委員会は、特務機関の統合、強化を図る組織であって、蔣経国を秘書長に据え、すべての特務機関組織を握ることにさせた。そして、特務による独裁政権が構築された。その政権は台湾社会全般の抑圧、思想、政党結成、新聞出版の制限、言論の自由などあらゆる分野、政権体制への批判恐れのある活動を完全に制圧した。

一九五〇年、朝鮮戦争の勃発により、アメリカ第七艦隊が台湾海峡を巡回し、台湾を中国からの攻撃を防ごうとした。これにより、蔣介石は毛沢東からの攻撃を避けた。国際情勢の変化で、蔣介石は台湾での政権を保つことができた。防共という口実で台湾をほしいままに、自分に対する潜在的な反対勢力を鎮圧した。台湾全土は事実上蔣介石と運命を共にすることになった。

蔣介石は台湾で「民族大義」を利用して、「反共抗俄」（共産党を反対し、ソ連と対抗する）、「殺朱拔毛」（朱徳と毛沢東を殺す）、「反攻大陸」など大層なスローガンを掲げて共産党との内戦に関係ない台湾社会を抑圧した。政治的に、異議者や反対者を余儀なく逮捕して、監禁や惨殺した。現在の人権博物館所属の白色テロ緑島記念園区（新生訓導處と緑色山荘）と白色テロ景美園区、新店安坑軍人監獄、台東泰源監獄、その他の感訓場所などで、当時は数えきれない若者が閉じ込められて青春の歳月を費やした。また、馬場町、台北市六張犁など当時使われた処刑地に、尊い命を奪われた人の血で地下を真っ黒に染めた。最近の統計資料では、白色テロ時代の台湾全土に「不義遺址」（不正義な跡地）が四十一ヶ所もあった。台湾の北部に集中しているが、中部、南部、東部、離島の各地にもあった。台湾は蔣介石の独裁政権によって、一つの大きな監獄島になったとも言えよう。

戒厳令の下に、台湾人の自由は完全に奪われた。政党の結成、思想言論の自由は禁止された。出版物の事前検査が行われ、出版の自由は奪われた。軍法が司法に代わって、違法な裁判が行われた（近年、蔣介石が勝手に判決書に判決を変更する公文書は近年かなりの数も見付かった。蔣介石が統治者で、軍事最高司令官とはいえ、有期懲役の判決を死刑に変更する権力はどこにあるか）。

蔣介石はいつか中国への帰還することを願っていて、台湾を反共の復興基地に利用するつもりがあるかも知れないが、台湾社会への抑圧はあくまでも自分の独裁政権の座を安泰するためであった。また、近年公開された蔣介石の日記を読んでいると、彼が台湾に来てから中国での大敗についてかなりの反省があったことが明らかになった。しかし、皮肉的にも蔣介石が反省したのはすべて彼の周りの人たちだった。反省の対象はすべて自分を裏切ったと思われる者ばかりであった。要するに、蔣介石は自分がなぜ人の反感を買い、なぜ周りの人達に裏切られたかについて、自分の是非を反省することはなかった。

「世界一の偉人」や、「人類の救星」、「中華民族の希望」、「時代の舵取り」などと自称自讃していた蔣介石は、台湾では息子の蔣経国の特務機関を利用して、特務による政治を始め、台湾社会を鎮圧した。共産党を取り締まる口実で、白色テロ時代の独裁政権による迫害を受けた受難者は数えきれなかった。暖かく迎えた蔣介石に、台湾社会が報われたものは、家庭が破壊され、夫婦、親子が死別させられ、子供が生まれてから両親を知らない、両親が自分の子供の屍を埋めることになった。蔣介石は自分がすべての法律を超えた「皇帝」、あるいは「神」と思った。人民の生死を決める権力が自分にあると決めた。一体、どこの誰の法律に、統治者が判決書を勝手に変更させる権力があると定められているのか。

台湾社会は、学校や官庁の庁舎、公民営事業のいたる所の壁に、「反共抗俄」（反共産党ソ連に対抗）、「反攻大陸、解救大陸同胞」（大陸へ反攻撃、大陸の同胞を救う）、「殺朱抜毛」（朱徳を殺し、毛沢東を成敗）、「消滅萬悪共匪」（万悪の共産党を消滅）などのスローガンが書かれていた。これらのスローガンは蔣介石が中国と関係ない台湾社会に示す宣伝であり、台湾人の生命、財産を剥奪、社会を抑圧する立派な大義名分だった。そして、国際社会に台湾はいかに大陸を復興する基地であるかを示した。しかし、その反面、これらのスローガンは内戦に負けた蔣介石の精神的な傷を癒すものでもあった。人民に捨てられた敗軍の将、すべてを奪われ、止むを得ず関係ない小さな島国の台湾に逃れた蔣介石の心理に、これらのスローガンは、蔣介石の怨念を表しながら、自分を慰めたものだ。

杜撰な教科書を作って、洗脳教育が施された。一九五〇年代以降に生まれた子供は、皆自分が正々堂々とした「中国人」であると教わった。長年の洗脳教育の影響で、台湾人の国家意識が歪んでいることも大きな問題の一つである。蔣介石と蔣経国親子の悪行は尽きない。

蔣介石の偉業は台湾内部に止まらず、国際社会にも彼の虚栄心が十分に発揮された。「中華民国」という国家を本来連合軍の軍事占領地の台湾に移植して、復活させた。そして、国連が一九七一年十月二十五日に行った第二十六回総会で、第二七五八号決議案を可決して、中華人民共和国を唯一の「中国」代表と定めた時に、蔣介石の中華民国はついに国連から追放された。当時、米国は二つの「中国」、また「中国」と「台湾」、つまり両方とも国連のメンバーにすることを蔣介石に勧めたが、蔣介石は自分の面子に拘って頑なに拒否したので、その結果である。それが今日にいたって、台湾が「中華民国」であって、国連に参加することができないだけではなく、国際社会のほとんどの国と正式な国交を結ぶことができなくなった。また、それが現在中国の台湾を併合する口実（台湾は中国の一部）になった。

台湾社会への清郷綏清行動

二二八事件の大量な虐殺の二年後、台湾で軍事戒厳令が敷かれた。台湾の各地で、関連の反乱者逮捕活動が大きく展開された。蘇友鵬はこの時に逮捕され、十年の懲役判決を受けた。彼は緑島の集中キャンプ（新生訓導處）に監禁されて、強制労働を強いられながら、思想改造教育を受けた。独裁政権の方針は、「寧可錯殺一百、不要放過一個」（間違って百人を殺しても、一人も逃さない）であった。台湾で行われた社会の清掃行動は、九〇年代初期軍事戒厳令が解除された後も続いていた。これは、国民党政権の継続的な安定維持、盤石化のためであった。蔣介石と蔣経国親子の独裁専制政権の安泰を果たすために台湾社会を迫害し続けた。

蘇友鵬は、よく「あれは本当に荒唐無稽で、理不尽な時代だった」と言った。五〇年代からの政治冤罪は、非合法な逮捕から始まった。拷問、騙しによって杜撰な自供書を書かせ、軍事裁判はその捏造された自供書に基づき、処罰の判決が下った。数多くの受難者の命を奪った。あるいは蘇友鵬のように青春の歳月を奪われて、集中キャンプに監禁されて、重労働と思想改造教育を強いられた。その悲惨な体験は今日も台湾社会に大きな傷として残っている。蘇友鵬ら受難者本人だけではなく、彼らの家族、子供（通称二世）も長年にわたり暗い影に覆われた。そして間接的にも台湾社会全体に大きな影響が残っている。白色テロ時代を体験した多くの台湾人は恐怖に満ちて、心理的な傷を治すことができない。

一九五〇年六月十三日、蔣介石は「戡乱時期検粛匪諜条例」を布告した。その第九条に、「明知為匪諜而不告密、検舉或縱容之者、處一年以上、七年以下有期徒刑」（共産党間諜であることを知って、密告、検挙せず、見逃す者は懲役一年以上、七年以下の刑を処する）と定めている。

第十二条に、「匪諜之財産得依懲治叛亂條例沒收之」（共産党間諜の財産は懲治叛亂條例によって、没収することができる）と定めている。

第十四条の規定、「沒收匪諜之財産、一律解繳國庫。破獲之匪諜案件、其告密、檢舉人及直接承辦出力人員應給奬金、由國庫支付：其給奬辦法、由行政院定之。前兩項所定收支、應編列預算」（共産党間諜から没収した財産は国家へ納めるべし。間諜案件を摘発した密告者、検挙人、直接担当して尽力した者へ奨励金を与える。その奨励金は国家が支払うこととする。奨励の方法は、行政院が定めることになる。前記二つの項目で定められている収支は予算を編成する必要がある)(出典参照、中華民国廃止法律)。

実際、案件の摘発による没収した財産は、三十パーセントは検挙密告の人に賞金として与え、三十五パーセントは案件担当に尽力した者に与え、残りは国家に収めることになっている。また、没収する財産がない場合、該当所属治安機関が行政院へ報告し、適額の賞金を配ることとする。あるいは、他の方法で奨励を与えることになる。

上記の条例の公布によって、特務機関の特務は大いに奮い起こした。なぜなら、賞金の金額があまりにも魅力的であって、賞金目当ての検挙密告が多発して、特務の任意無法逮捕が続出した。そのため、冤罪が多数発生。第二章に登場した劉明氏はその体表的な冤罪であった。同時に、密告や検挙をしないとの理由で、有罪判決を受けた人もいた。蘇友鵬の同窓葉石濤氏がその一人だった。

「飴と鞭」、蔣介石の独裁専制政権は、これを利用して、人間の善を徹底的に潰して、悪欲を引き起こした。

確かに、蔣介石の大陸からの撤退に伴って、共産党の党員や間諜が潜んでいることは否めない事実だ。しかし、多くの案件は冤罪であった。摘発した賞金を狙う特務があらゆる手段、口実を使って、罪を着せた。また、財産を目当てにした密告もよくあった。結果的にほとんどの案件は有罪判決が下されて、奨励金が密告者や特務など関係者の懐に入った。蔣介石の独裁政権は、間違っても逃さない方針であったからだ。冤罪か実際かは別にどうでもよかった。そのため、人の命、人生の大事な青春の時間が奪われた。さらに、本当の共産党の間諜は独裁政権に買収され、摘発に力を注いた。その摘発によって、自分が栄達した事例もあった。

密告制度は今日も続いている。近年、台湾社会にある新しい職業が誕生した。「検挙達人」である。「検挙達人」はカメラを持って、賞金稼ぎに町を回っている。本来は社会責任として、違法な行為を見かけたら、治安当局へ報告するのが市民の義務であるが、その義務を強制的に果たさせること自体が、自由な意思を剥奪することになろう。さらに、義務を賞金で釣ることはあまりにも悪質ではないだろうか。

昔から台湾語では、密告者を「抓耙仔」（ジャウーペイーア）と呼んでいる。抓耙仔の語源は、背中の痒みを掻く物で、主には竹製品が多かった。つまり、誰にも頼らずに自分で背中の痒みを掻くことができたから、「不求人」とも言われている。それが検挙者、密告者を指すのは、個人の私利を求めるために、人を陥れることを蔑む意味合いが含まれている。

一九四九年五月十九日から一九八七年七月十五日の戒厳令解除まで、台湾という美麗な島が一つの恐怖、残酷な監獄島であった。

幸い、九〇年代以降、李登輝総統の民主化によって、台湾は本日のように、自由、民主、人権を重要視するようになった。

台南善化の没落した名家

台湾南部にある台南は台湾の一番古い町である。その町の始まりは一六二〇年代にまで遡る。昔から台湾に伝わっている諺がある。「一府、二鹿、三艋舺」（府は台南、鹿は鹿港、艋舺は台北の萬華）だ。この諺からもわかるように、台南は台湾で最初に作った町だ。十七世紀、オランダ人が台湾に来てから、十九世紀の清国末期まで、台南はずっと台湾の政治、経済、金融の中心地であった。台南は台湾の「古都」とも言われた。清国政府が台南で台湾府を作ったから、台南を「府城」という呼称が定着し、それは台南人が自分の故郷の愛称であって、高いプライドでもある。日本時代の中期（一九二〇年九月一日）、総督府は台南州という行政区域を改めて設立し、台南州は台湾の五州三庁の行政区域の一つになった。行政上管轄する地域は、現在の台南市（二〇一〇年に市と県が合弁）、嘉義市、嘉義県、雲林県までであった。台南州の州庁舎の建物は総督府営繕課の技師・森山松之助氏が設計して、大正二（一九一三）年棟上げから、大正五（一九一六）年使用開始、大正九（一九二〇）年に完成した。建物は地上二階、地下三階の作りで、一九九七年から大幅な修繕工事が始まり、二〇〇三年に完成した。

二〇〇三年十月十七日、国立台湾文学館がこの元台南州庁舎の建物を利用して設立した。建物は現在の台南市中西区に位置して、真正面は湯徳章[1]記念公園（日本時代は大正公園）である。

善化は元台南市中心の北東に位置して、二〇一〇年台南の市と県が合弁された後、新たになった台南市のちょうど真ん中に位置している。日本時代は善化庄と名付けられ、台南州新化郡の管轄に置かれていた。蘇家は善化では名門であって、祖先は早期中国から移住に来て、蘇友鵬の曽祖父蘇廷燕氏は清国の国家試験を受けて、挙人であった。蘇廷燕は善化で「裕順行」を創立し、灯油、胡麻油、砂糖、蚕の糸の生産染色などのビジネスを取り扱い、嘉義、鹿港、台北、廈門、泉州などとの取引で大成功し、一代で大きな財産をなし得て、善化での大地主になった。同時に蘇廷燕氏は漢方医学にも精通し、善化地区の有名な骨科医師でもあった。蘇廷燕氏の長男、蘇友鵬の祖父蘇源泉氏は、同じく漢学に優れ、清国の秀才試験を受けた。普段は家族の「裕順行」のビジネス業務を取り仕切って、傍漢学塾を経営し、現地の子供に学問を教えていた。

しかし、順風満帆な「裕順行」のビジネスは蘇友鵬の両親が結婚する前のある年の台風で大きな被害を受けて、畑が荒われ、農作物は全部失われたことによって、商売が挫折した。そのため、名門の蘇家は没落した。

蘇源泉氏の長男蘇火種氏は明治三十二（一八九九）年生まれ、若い時に三年間、台北へ台湾総督府農業試験場所属の農業学校（国立台湾大学農学院の前身）へ進学した。卒業後、嘉義の農業試験所に就職して、その後故郷の善化に戻り、善化区役所に務めた。蘇火種氏は媒酌人の紹介で、台南市内の陳灶氏の長女陳蕊女史と結婚した。

陳家は台南市内では大家族であった。三人兄妹の家族であった。長男の陳灶氏を始め、次男の陳金氏、そして妹の陳鑾女史がいた。陳蕊女史は大家長陳灶氏の長女であり、一九〇三年生まれであった。陳家は当時珍しい教育を重要視する家庭である。陳蕊は台南明治女子校学校へ進学して、卒後後は高等科学校へ進み、教員の助手になった。一九二五年蘇火種と陳蕊とが結婚した。その時、蘇火種は白河庄役場で技師として勤めている。陳蕊は台南歸仁校学校で教員助手として働いている。蘇陳蕊は結婚して間も無く、台南病院で開かれる助産師の訓練課程に参加した。訓練課程を終えた後、白河庄役場に助産師として勤めていた。

大正十五（一九二六）年一月十二日、蘇火種と蘇陳蕊と二人の間に、愛の結晶ができた。元気な男の赤子であった。蘇友鵬だ。彼は夫婦の間の七人の子供の長男でありながら、家族の初孫でもあった。蘇家の家族皆からの寵愛は言うを俟たない。蘇友鵬は父親の任地の白河で幼い楽しい童年を過ごした。漢学を精通する祖父の蘇源泉は幼い孫を寵愛したが、期待を込めて教育した。初級の漢学を教えた。「三字経」、「千家詩」、「論語」などの言葉を、覚え始めた蘇友鵬に教え込んだ。当時、漢学の教え方は一般的な暗誦だった。そして、友鵬は祖父が教わった文章を一つ一つ暗誦しながら覚えて、小さな頭脳に入れていた。ある日の夕方、

蘇友鵬一家

蘇火種と蘇陳蕊の結婚記念写真

父親の蘇火種は仕事を終え、庄役場から帰宅した。遠くから自宅の庭に大勢な人が集まることに気が付いた。どうした？　何かあったか？　と不思議に思った蘇火種は、急いで自宅に駆け込んだ。目の前に、わずか三歳の息子友鵬が覚えた三字経を読みあげ、皆に聞かせた。「人之初、性本善、性相近、習相遠……」と蘇友鵬の口から、朗々と三字経を暗誦する声が聞こえ、周りには興味津々な大人に囲まれている。蘇火種は驚くのを禁ずることができず、口を大きく開け、呆れ果てて、自分の息子を見守った。

　蘇友鵬は、こんな風に幼い時から、驚異な記憶力を持ち、教えられたあらゆる様々な物を頭に覚え、培われた。しかし、家族の経済状況はすでに夕日のように衰え、これからの学校で勉強は、厳しい道のりの現実が待っている。幸い、母親の蘇陳蕊の実家からの経済援助があって、蘇友鵬は進学ができて、大学の医科まで進み、卒業した。そのため、後に蘇友鵬が自分の家庭を持ち、子供ができた時に、絶対自分の子供の勉強に経済的な苦労をさせない、自分が味わった貧しい学生生活を子供に遭わせないと、心の中で強く誓った。

蘇友鵬は当時、日本政府の教育規定に従い、二年間の幼稚園を経て、白河公学校へ入学した（日本時代の台湾に、小学校は二種類に分けられている。尋常小学校は日本出身の子供とわずかな台湾出身の子供を対象と、一般台湾出身の子供を対象とする公学校とがあった。これは差別教育だと指摘する人もいたが、家庭内で使用する言語の違いから生じた対応策とも言える。つまり、小学校の生徒は皆日本語が堪能である。一方、公学校はまず日本語を教えることから始まった。また、本来多言語社会の台湾は、この学校の教育によって、日本語という言語に統一されることになった）。そして、蘇友鵬が二学年を終えた時に、お父さんの転勤にしたがって、善化公学校へ転校した。お父さんは今度善化農業組合で仕事をすることになっている。善化は元々蘇家の故郷であったが、蘇友鵬の進学前の生活はほとんどが白河にいて、またよく台南市内お母さんの実家の方へ行って、この転校によって新しい学校環境になるが、明るくて活気溢れる蘇友鵬としては、すごく新鮮さを感じた。

昭和十二（一九三七）年四月、十一歳の蘇友鵬は小学六年生になった。五年間の公学校の

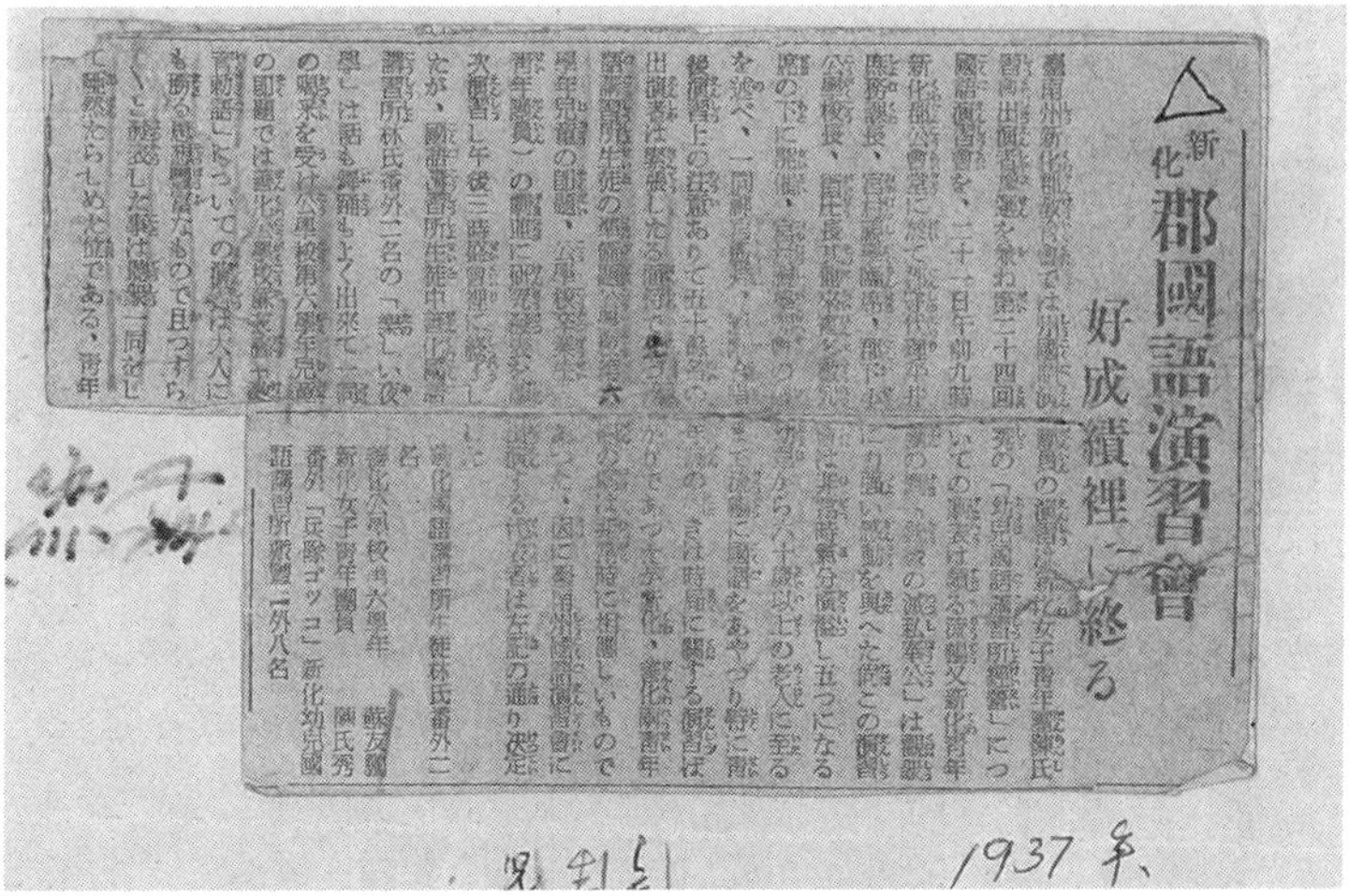
新化
郡國語演習會
好成績裡に終る

国語演習会の新聞記事

成績は抜群で学校の先生から注目を集めて、学年の星と期待された。彼の成績は常に学級のトップの座を占めた。その秋、蘇友鵬が学校の代表に選ばれた。台南州庁が主催する新化郡国語演習会に参加する学校の代表であった。新化郡の公会堂で行われる国語演習会は、即題方式で行われた。参加する小学生はいくつかのテーマから一つを抽出し、五分間から十分間、そのテーマについて講演することになる。蘇友鵬は《教育勅語について》(「教育ニ関スル勅語」(教育勅語)は、明治天皇が教育の基本方針を示す勅語である。明治二十三(一八九〇)年十月三十日に出された)を講じた。そして、優勝を勝ち取った。その日、演習会の模様を新聞紙が記事で報じた。蘇友鵬の母親はその新聞紙を大事に保管した。後に蘇友鵬はその新聞の記事を母親からもらって、彼を訪ねてくる人によく見せて、自慢げに記事の内容を読み上げた。「……大人にも勝る思想豊富なもので、かつスラスラと発表したことは聴衆一同をして唖然たらしめたこと。……」。

その日、他のテーマは《明治維新》や《嘉南大圳》などがあった。この一事を見ても、日本政府は台湾での教育に心力を尽くした。多言語の台湾社会をまとめるために、日本語教育政策を徹底的に児童に実施した。しかし、日本政府は台湾社会本来の言語を禁止することはなかった。そして、小学校の教科書に、まずは台湾本来の地理、信仰、文化、風俗、習慣、生活を尊重して子供に教えて、台湾に対する認識を広めた。さらに、日本人に台湾語の学習を奨励した。

一方、国民党の教育方針はどうだったか。小学校から中国語のみに制限し、台湾語や客家語、原住民、それぞれの言語などを方言と位置付け、話すことを禁止した。政策実施の徹底ぶりは、台湾語（方言）を話すと、罰金や廊下で立たせる罰など、規定を違反した児童に処した。そして言語を始め、文化、歴史、地理などの教科書は小学校から高校まで、台湾のことをほとんど教えず、中国のことのみに集中した。そのため、現在の台湾社会は台湾本来の言葉（台湾語、客家語、その他の原住民語）が使えなくなり、いつかは消滅の危機になる。現在の蔡英文総統が、台湾人でありながらわずかな台湾語しか話せないという実情は、非常によい例と言わざるを得ない。異民族の言語、文化、歴史、地理を計画的に抹殺する国民党の悪意な教育政策の現われであった。

現在、中国共産党政府が計画的にモンゴル人、チベット人、ヴィグル人、香港人に対して、強制的に漢化させる悪質な政策と手法はまったく同じである。

昭和十三（一九三八）年三月吉日、蘇友鵬は卒業式で、卒業生徒の代表として講壇に上がって挨拶をした。そして、校長先生の手から、「宮殿下賞」[2]をもらった。

卒業前、蘇友鵬はすでに台南州立第二中学校（現国立台南第一高級中学）の受験に参加し、第二位で合格した。当時、台南州（行政地区は現在の台南市（二〇一〇年市と県が合弁）、嘉義市、嘉義県、雲林県が含まれる）の行政地区に第一中学校、第二中学校、嘉義中学校、長栄中学校（私立、長老教会が創立）、計四つの中学校があった。第一中学校は、主に日本出身者を対象に、そしてわずかな台湾出身者の学生しかいなかった。第二中学校は台湾出身者学生をメイン対象にしたが、一部第一中学校の受験に落ちた日本出身者の学生も入学させた。一つの中学校は毎年約百五十名定員の新入生を入れることになっている。台南地区のすべての小学校（公学校をも含む）卒業生だけではなく、浪人生徒もが受験に参加することになる。入試の筆記試験の問題は、日本人を対象にする小学校の教材を基に作られた。当時、言葉のギャップなどで、公学校が教える内容は小学校より一年遅れるのが普通になって（公学校の六年生の学習は小学校の五年生の物になる）、蘇友鵬が第二位の成績で受かったことは、善化地区で噂になり、ただちに広められた。

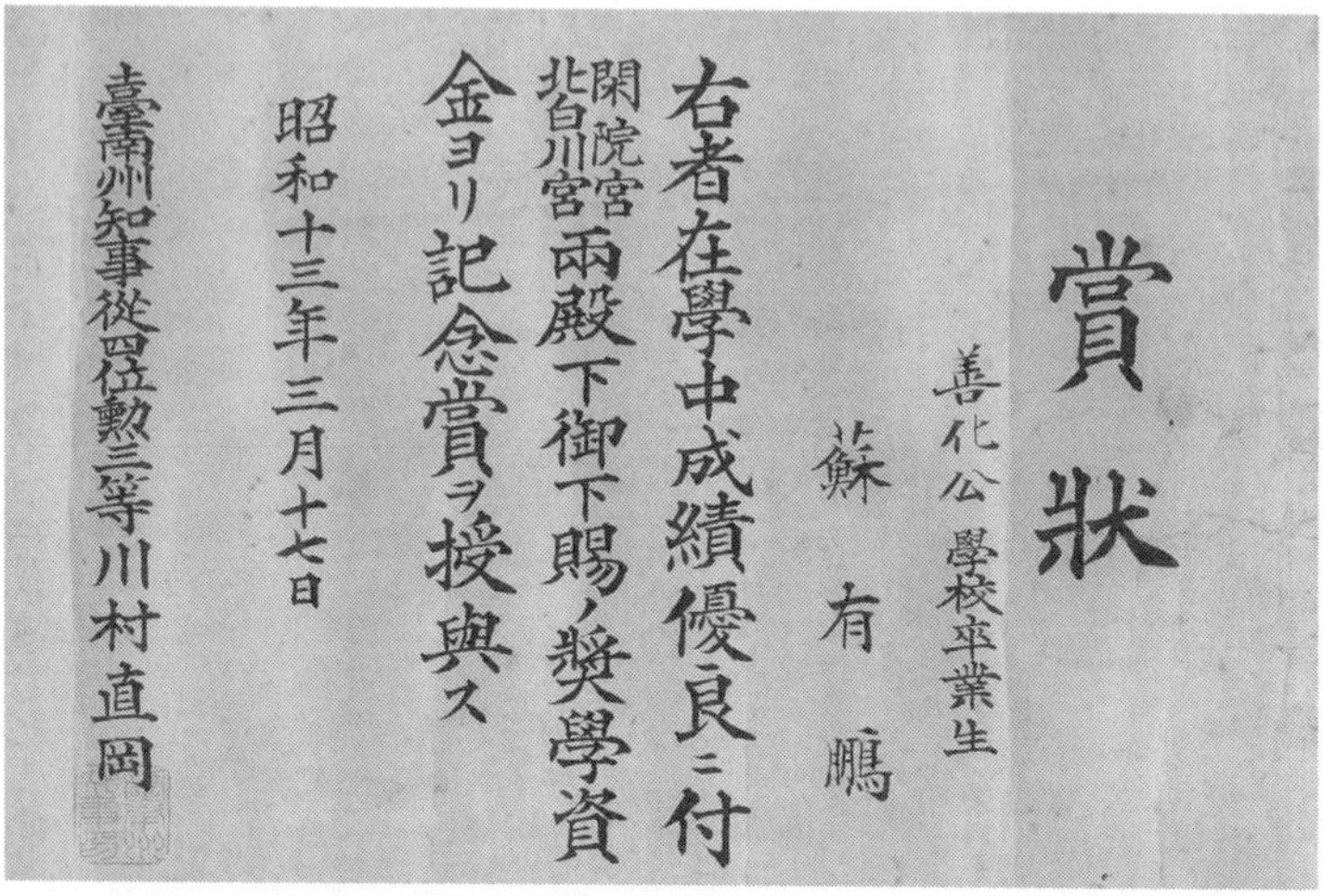

賞狀

善化公學校卒業生

蘇有鵬

右者在學中成績優良ニ付

閑院宮
北白川宮兩殿下御下賜ノ奬學資

金ヨリ記念賞ヲ授與ス

昭和十三年三月十七日

臺南州知事從四位勳三等川村直岡

宮殿下賞

台南州立第二中学校

大正十一（一九二二）年、台湾総督府は「台湾新教育令」を布告した。その主旨は本来の教育制度を整理し、初等教育と高等教育をより向上するためであって、日台共学の制度が確立した。そして、台湾の各地で五つの中学校（台北州立台北第二中学校、新竹州立新竹中学校、台中州立第二中学校、台南州立台南第二中学校、高雄州立高雄中学校）と、一つの高等学校（旧制台北高等学校）を設立した。日台共学制度が確立したとはいえ、実際入試する時、やはりある程度の差別があった。そのため、同じく台南市内にある第一中学校と第二中学校の生徒の出身別は日本と台湾とそれぞれに傾いた。台湾社会全般の人口、内地人は全体人口数の約一割の比率を考えれば、同じ定員で、台湾人が多数を占めているにも関わらず、第一中学校の生徒は日本人が多くに対し、第二中学校は台湾出身者の方が多かった。また、受験の筆記試験問題集も小学校の教科書に基づいて作られたため、台湾出身者の入試の競争がいかに激しいかがわかる。台湾出身者の平均合格率が二十パーセント未満の受験に、日本出身者生徒を含めて二位で合格したことが大きな話題になった。お父さんの蘇火種の自慢はどうしようもなかった。

中学校の受験は筆記試験に止まらない。事前の学生の家庭調査も行われる。要するに、学生の家庭、保護者の職業なども審査が要る。この点、蘇火種の町役場の仕事は役に立った。

高級文官の身分を持つ蘇火種の資格はまったく問題なかった。というよりプラスになった。台南第二中学校の出身者は、後に数多くの人材を培った。蘇友鵬と関連のある卒業生の例をあげると、同じ日に逮捕されて後に処刑された許強先生、同じく胡寶珍先生、火焼島で医療所で外科医の林恩魁先生などがいた。そして、蘇友鵬が釈放されて社会に復帰した時に、大変お世話になった台北鉄道病院の主任医楊蓮生先生、保証人になった李鎮源先生などがいた。楊蓮生先生は蘇友鵬の一期上の先輩であった。その他の人は後述する。

蘇友鵬の台南州立第二中学校での学生生活が始まった。第十七期生だった。蘇友鵬は母親蘇陳蕊の叔母さんに当たる鄭陳鑾の自宅に下宿することになった。中学校の目的は将来社会での中堅知識層を育つために設立したから、授業の内容もその目的を果たすために集中した。一年生から三年生までは基礎専門知識を課程に取り入れられた。言語科目は、国語と外国語（英語、ドイツ語、フランス語の三つから一つを選ぶ）、専門科目は数学、歴史、地理、博物（動植物、鉱物）など、一般科目は修身、図画、唱歌、武道、体操などがある。四年生と五年生は、さらに物理、化学、法制、経済などの科目が加えられ、唱歌と図画に代わり、数学の比重が多くなる。なお、昭和十二（一九三七）年から、日中戦争の爆発によって軍事課程も取り入れた。教官は現役の陸軍将校士官が担当することになる。

台南二中への入学に伴い、蘇友鵬は大叔母の鄭陳鑾の高砂町（現在台南市中西区）の路地の中の家に下宿した。蘇友鵬はこの衞民街の路地裏、前庭に大きい龍眼の木が植えてある古い

台南二中時代の軍事訓練科目

福建式民家の屋根裏の部屋で泊まっていた。大叔母の鄭陳鑾は若い時夫と死別し、一人娘の龔鄭梅（友鵬の母親の従妹にあたる。筆者の祖母だ）を大事に育て、中国の厦門への留学させたぐらい、非常に教育を重要視している人であった。秀才の姪孫の蘇友鵬への寵愛は幼い頃から、殊の外愛おしく思っている。蘇友鵬の下宿を心より歓迎して、喜んで受け入れた。

実家の家業が衰えた蘇友鵬ではあったが、経済が勉強への影響は微塵もなかった。彼は大叔母の自宅の屋根裏の薄暗い部屋で、よく勉強した。そして、学校の勉強にとどまらず、好きな読書を楽しんで、世界の有名な著作の世界に感傷的な少年の思いを走らせた。第二中学校での成績は、いつも前から五位以内を保ち続けた。どんな科目も難なくやり解けて、精通した。叔母の龔鄭梅のご主人の龔奇楠医師は、農家に雇われている小作人の三男坊に生まれ、幼い時から勉強が好きで、与えられた仕事を怠けて叱られても勉強に専念し、村の有志の助けを得て、当時は珍しい進学の道を歩むことができた。彼は屛東の里港公学校を経て、高雄中学校の第一期生になって、その後台北高等学校、熊本医科大学まで進学した。卒業後、官立屛東病院で内科医として働いている。叔父の龔奇楠医師は、よく夏休みの時に家族を連れて奥さんの実家に帰郷した。彼はこの優れた成績を持つ姪孫蘇友鵬を殊の外可愛がっていた。蘇友鵬はよく当時のことを思い出して、「叔父さんは朝と夕方はよく浴衣を着て、下駄を入って、近所の台南市内でよくある路地を散策しました。私はあの清々しい姿を見て、いつかは自分もそうなって、同じことをしたいと思っていました」と述べた。蘇友鵬が将来に医師の道を選んだのは、叔父の影響なのかも知れない。

蘇友鵬はこんな環境におかれて、よく勉強をしていた。また、当時エリート教育で欠かせない外国語教育で学んだ英語を使って、世界の有名な英文の小説を読んだ。若い青年の孤独な心は「大地（The Good Earth）」や、「風とともに去りぬ（Gone with the wind）」などに惹かれ、癒された。友鵬は勉強以外の時間を過ごした。英語の書籍を読むことによって、蘇友鵬の英語能力は一段と向上した。学校の試験後、先生はいつも彼の回答用紙を教室の後ろに設置している掲示板に貼って、標準の答えとした。中学校の英語課程は三つの単位が要求される。文法、読み、作文の三つである。蘇友鵬は三つとも簡単にこなすことを得た。一年生のある時、先生が「Equal」をテーマに、造句を命じた。ほとんどの学生は、「One plus one equal two」などを書いたが、自己意識の高い蘇友鵬は、敢えて「Equal」を「匹敵」の意味に取り、「No one can equal him in English composition……」と書いた。わずか十三歳の蘇友鵬のこの造句に先生は驚いた。中学校から培った英語能力は、後に、蘇友鵬が医学界での勉強にも役立った。医学界での新しい知識や、論文の作成、国際医学会への参加に役立った。さらに国際情勢の読み取りに、大変な力になった。

終戦までの教育制度、旧制中学校はエリート教育の一環として位置付けられている。学生はもちろん、将来社会をリードする責務を担うべき、選ばれた人たちである。小人数であるために、同窓の間の友情は非常に深い。蘇友鵬の同窓の一人、林耿清という人がいた。彼は同じく善化地区の名門の出身で、後に台湾省議員（第五、六期の省議員）にまでなった。二人は夏休みに、よく一緒に「嘉南大圳」へ泳ぎに行った。泳ぎを終えてから、蘇友鵬はいつも林耿清の家へ行って、休みながらクラシック音楽を聞いた。そこで、蘇友鵬はベートーヴェンの交響曲第六番（田園交響曲）と出逢った。蘇友鵬はその優雅なメロディーに惹かれ、バイオリンが持つ美しくて、もの憂い音の虜になった。そのため、中学校卒業後、台北帝大予科へ進学後、バイオリンを学び始め、後に火焼島の新生訓導処へ送られても楽団に参加して、バイオリンを弾いて禁錮された自分と同じく迫害を受けた人の心を慰めながら、多くの難友を励ました。皮肉にも、緑島の強制収容所で楽団を作ったのは、独裁政権は国際へ、犯人にも人権があるとアピールするためであった。

昭和十八（一九四三）年三月、蘇友鵬は優秀な成績で、州立台南第二中学校を卒業した。翌四月に、台湾帝国大学の予科理科医類へ進学した。

本来、帝国大学へ進学するためには、まずは高等学校を行かなければならない。台湾には、「台北高等学校」（現在は国立台湾師範大学になっている）が設置されている。大正十一（一九二二）年に造られたのだ。日本の内地以外の領土に初めて設置した高等学校であった。高等学校は大学の予備校のような存在であって、高等学校の卒業生は特別専門を選ばない限り、帝国大学への進学はほぼ簡単にできる。しかし、台北高等学校の学生は、高校を卒業後ほとんどが内地（日本本土）に渡って、内地の大学へ進学する。そのため、台北帝国大学へ進学する学生は、台湾出身者が少なく、その代わりに内地からの高等学校卒業生が多く来るのが現状であった。この現実は、台北帝国大学を設置する本来の方針とは違い、台北帝大が募集した学生の人数も定員まで行くことができない定員割れの結果になった。その状況を改善するため、台北帝国大学は昭和十六（一九四一）年に、大学予科を設立して学生を募集した。台北帝大の予科は、台湾の各地に設置されている十軒以上の中学校から卒業した若い学生に、「台北帝大の予科に入学すると、そのまま台北帝大に受験なく進学することができる」メリットを強調した。それが大反響を得て、台湾各地からの中学校の卒業生や、浪人生を選ぶことができた。

昭和十八（一九四三）年の受験に参加した若い学生は千人を超えた。参加した学生は、台湾に住んでいる学生（出身を問わずに、現役卒業生、浪人生を含み）に留まらず、本土からの受験生もいた。その年に、予科の合格者数は百七十五人で、文科が四十四名、理農類が四十三名、工類が四十四名､医類が四十四名となっている。日台共学の制度が実施してから､二十年経ったが、差別は未だに存在していることは否めない。医類の四十四名の内に、日本出身者が多数（六十パーセント強）占めていて、残りの台湾出身者はわずか十五名で（三分の一を占めた）、他はすべて日本出身者だった。蘇友鵬はその中にいた。台北帝大予科受験の競争がいかに激しかったかが伺える。蘇友鵬が同窓の間で秀才と呼ばれた呼称は相応しかった。しかし、皮肉なことに、予科第三期の医類の組の学生四十四名のうち、その翌年の二学年に昇進する時に、八名が落第になった。その八人は全員日本出身者だった。また、クラスの成績トップ十はすべて台湾出身者が占めた。

台北帝大予科が設置された当初の校舎は、帝大本キャンパスの中にあった。初期の教室は四つしかなかった。しかし、第一期生の意気顕揚ぶり大変だった。なぜなら、高等学校と同じ位置付けられている帝大予科の彼らは、すでに帝大のキャンパスに入って、大学のすべての施設を使うことが許されていたからだ。広大な図書館で本を読む、グランドで走るなど、大学生と同じことができた。そして一番重要なのは、何と言っても自由な雰囲気を楽しむことだろう。しかし、開校の年の暮れに、日米戦争のために予科は士林地区へ移された。新たな校舎が芝山巌で作られた。

台北帝国大学予科生徒数

回数	文科	理農類	医類	工類	合計
一	四三	四一	三三	四〇	一三七
二	四二	四二	四三	四四	一七一
三	四四	四三	四四	四四	一七五
四	四〇	八〇	四〇	八〇	二四〇
五	八〇	八〇	八〇	八〇	三二〇
計	二四九	二八六	二四〇	二八八	一〇六三

注1　一・二・三回生は合格者数（官報による）
注2　四・五回生は資料不足のため定数で示した

台北帝大予科生徒数

台湾総督府官報　第三百五十[illegible]號　昭和十八年六月五日　（第三種郵便物認可）

理科醫類　四十四名

佐賀　秋永一治
千葉　伊藤公士郎
山梨　天野　徹
[illegible]本　[illegible]田貞光

大阪　奥田義雄
沖縄　金城康[illegible]
茨城　小島[illegible]司
新竹　森[illegible]廷[illegible]
沖縄　崎山朝啓
奈良　宍道和俊
沖縄　島尻清繁
臺中　[illegible]厳文
新竹　曾柏村
岡山　瀬川勝人
高雄　陳桂林
山梨　辻裕成
大阪　永岡廣明
東京　中谷仲舜
熊本　西辻一重

臺北　大川　寛
臺南　黄辛潘
福岡　後藤　尚
京都　坂田幸雄
宮城　佐藤輝夫
大分　四宮一男
山形　清水聰一
臺北　細川富次郎
臺南　蘇友鵬
臺中　[illegible]有白
臺南　陳再興
鹿兒島　津曲吉[illegible]
東京　中村　博
臺北　中山哲文
新竹　西本諭三

台北帝大予科理科医科の合格者名簿

台北帝大予科生徒数

昭和十八（一九四三）年三月、蘇友鵬は予科へ進学するため、汽車に乗って故郷の台南を離れて台北へ向かった。彼は帝大予科が設置されている士林の町中（現士林区文林路と大北路の近くの路地内）で下宿を求めた。そして、見付かった下宿先の隣は士林教会（明治四十年（一九〇七）年に創立され、最初の場所はすでに不明で、昭和九（一九三四）年大北路の家を借用し、数年後その敷地を買った。昭和三十三（一九五九）年に現在の場所に移った）の隣であった。下宿先から士林公会堂へは数十メーターの距離で、駅まではわずか三分間、街の真ん中に位置している。

蘇友鵬の大学予科の生活が始まった。学校全体は自自由な雰囲気に溢れているが、授業は大変だった。予科は大学へ進学する予備科ともいえ、次の大学専門教育の準備内容であるために、課程はびっしり詰めている。また、戦争のために、本来三年間の授業を二年間に短縮したから、なおさらだった。

蘇友鵬の予科時代に、必要な単位数をまとめた図で示す。

終戦までの医学の教育制度は完

全にドイツの制度を基に作られたから、医学の勉強はドイツ語が欠かせない。医科生を目指す友鵬らのドイツ語勉強のために、ドイツ人の教授が招聘《しょうへい》されて、授業を担当することになっている。

蘇友鵬は下宿先の隣にある士林礼拝堂（現在士林教会の前身、現在の大北路三十四号（番地）、昭和十八年当時の旧跡地）へ足を踏み入れた。当時、礼拝堂は陳泗治伝道が教会を牧養している。蘇友鵬は教会の青年集まりの「協志会」に参加して、先輩の郭琇琮と知り合って、共に関連の音楽、文芸活動を熱心に活躍した。

陳泗治伝道は昭和十四（一九三九）年に「協志会」を立ち上げ、音楽や賛美歌、ピアノ教授、聖書研究会、その他様々な文芸関連活動などを行って、若い青年たちの精神の糧に養いながら、青年たちの世話をして、さらにキリスト教の信仰を宣教するという考えであった。「協志会」の合唱団は台湾初の男女混声合唱団であって、音楽専門家の陳泗治伝道の指導で、台湾社会で名を挙げた。彼らは世界名曲、賛美歌など数多くの歌を歌った。合唱団は士林礼拝堂での服侍だけではなく、台北公会堂でコンサルタントの披露も行い、ラジオ局で放送する番組の録音までした。蘇友鵬と先輩の郭琇琮はテナー部に、胡寶珍はベース部に属した。

その年の夏、蘇友鵬が下宿している民家が台風の災害を受けて壊れた。陳泗治伝道は好意的に蘇友鵬に教会の一室を無料で貸した。親切な陳泗治伝道は面倒見がよくて、世話好きで、青年たちに好かれた。蘇友鵬は教会で生活し始め、陳泗治伝道の家族とも親しく付き合って

科　目	第一学年単位数	第二学年単位数
道義	1	1
人文	4	2
数学	6	4
物理	3	5
化学	3	5
博物	4	3
外国語（ドイツ語）	5	6
外国語（英語）	3	3
教練	3	3
体練	2	2
合計	34	34

図　予科時代に必要な単位数

台北帝大予科のドイツ語授業風景

いて、台南から単身で台北にきた蘇友鵬は、家庭の温もりを感じたひと時であった。

中学校でクラシックに接触した友鵬は、ベートーヴェンの交響曲第六番（田園）に心酔し、バイオリンの優雅な音にはまったのがきっかけで、台北に来てからバイオリンを学び始めた。三重に住むバイオリンの先生、楊春火に入門した。バイオリンの美しく優雅な音に心を惹かれた蘇友鵬は、よく放課後に時間を見付けて、一生懸命にバイオリンの練習をしていた。

当時、先輩の郭琇琮の自宅には珍しくピアノが置かれていた。皆はよく郭琇琮の自宅に集まり、音楽を楽しんでいた。蘇友鵬は、有名な作曲家兼声楽家の呂泉生とここで知り合った。また、台湾第一才子と呼ばれる呂赫若[3]とも知り合った。呂赫若氏は当時すでに名が台湾社会に聞こえる声楽家であり、文学の才能も優れている名小説家だった。呂赫若は当時士林の圓山の丘に住居を構え、台北公会堂や台北帝大医学部の大講堂でコンサートをよく行っていた。そのコンサートは、いつもピアノの造詣深い陳泗治伝道に伴奏を頼んだ。そのため、準備をする時に、いつも士林教会や郭琇琮の自宅で打ち合わせしたり、練習したりしていた。

ある日、呂赫若氏はコンサルタントの打ち合わせと練習のために陳泗治伝道を訪ねて、礼拝堂に来た。ちょうど蘇友鵬が夢中でバイオリンを練習している最中だった。呂赫若氏は蘇友鵬のバイオリンの造詣を見ていると、「医科への道を辞めて、バイオリニストになってはどうか?」と蘇友鵬に勧めた。蘇友鵬は呂赫若氏の真剣な顔を見て、その褒められた言葉に驚いた。

音楽の大好きな蘇友鵬はバイオリンが上手なだけではなく、歌声も素晴らしかった。呂赫若のコンサートを、何回も聞きに行った蘇友鵬であった。友鵬はよく呂赫若氏が歌ったオペラ《マルタ》の一曲〝夢のように〟を歌って皆を楽しませた。蘇友鵬はその曲を歌いながら、だいぶ昔呂赫若が歌っている光景を思い出したことだろう。

台北帝国大学医学部

帝国大学は日本政府が戦前、明治十九（一八八六）年に公布告した帝国大学令によって、作られた旧制の高等教育機関であった。同時に最高級の研究機関でもあって、学術に関する研究所だった。日本政府は合計で九校の帝国大学を設立した。順番は、東京（明治十（一八七七）年、東京大学を設立、明治十九（一八八六）年帝大に改称、明治三十（一八九七）年東京帝大に改める）、京都（明治三十（一八九七）年、京都）、東北（明治四十（一九〇七）年、仙台）、九州（明治四十四（一九一一）年、福岡）、北海道（大正七（一九一八）年、札幌）、京城（大正十三（一九二四）年、ソウル）、台北（昭和三（一九二八）年、台北）、大阪（昭和六（一九三一）年、大阪）、名古屋（昭和十四（一九三九）年、名古屋）だった。その内、台北帝国大学と他の六校の帝大との違いは、本来帝国大学は文部省の管轄下に置かれているのに対して、台北帝大は台湾総督府が管轄することになっている。そして、台北帝大設立当初は台湾にいる日本出身者を対象にするとの方向性であったが、その後は台湾全体社会の状況によって、台湾出身者へ開放せざるえない時代が来たと見極め、台湾出身者も高等教育を受けるように変わった。

明治二十八（一八九五）年、日本政府は清国との下関講和条約の締結によって、台湾を新しい領土として取得した。しかし、実際に台湾へ入ると、亜熱帯の台湾の気候と環境の不整備で、派遣した軍隊は大変な損傷を蒙った。明治の日本政府は明治維新の成果を台湾に移植する考えを計画した。そして、日本政府は医学と医療を先鋒に、台湾の現代化を図った。

明治三十（一八九七）年、政府は早速台北病院を設立し、同時に「医学講習所」（俗称「土人医師講習所」）を立ち上げた。二年後の明治三十二（一八九九）年、正式に「台湾総督府医学校」を成立した。そして、大正八（一九一九）年に、「台湾総督府医学専門学校」へ改制し、昭和二（一九二七）年「台湾総督府台北医学専門学校」（俗称台北医専）へと改称した。

台北帝国大学設立当初、医学部を省いて、まずは文政学部、理農学部、及び農林専門学部（現在、国立中興大学の前身）、三つの学部を立ち上げした。昭和十一（一九三六）年になって、初めて医学部を設立した。同時に、上記の「台湾総督府台北医学専門学校」を台北帝大の医学部に編入して、「大学付属医学専門部」と改称した。台北帝大が正式に医学部を設立してから、数多くの専門医学者を招聘した。これら招聘された医学の専門家は、皆心に夢を持って、台湾で日本内地と同じレベルの医学部を作りたい志を抱いている。また、台湾の地理的な環境や、気候について、心力を尽して亜熱帯の台湾での特徴ある風土病、疾病の研究と治療に取り組んだ。

なぜ、台北帝大設立当初は医学部を除いたのだろうか。その主な理由は、「台湾教育沿革史」に記載している。要するに、その一、台湾の地理的な位置は、亜熱帯と熱帯を跨って、熱帯医学の専門研究学者を見つけることが難しい。その二、医学部の関連設備の投資は、膨大な資金が必要で、その経費の取得に問題がある。さらに、台湾は最初から「医学講習所」があって、台北帝大設立当時に「台湾総督府台北医学専門学校」があったので、大学に医学部を設立する切迫な必要性はないと考えたからだ。

一方で日本政府は、文、法学科の学生は、思想的に不安定な要素があって、潜在的な危険性が潜んでいると見なしている。だから、台湾出身の学生に文、法学部への進学が望ましくはないと思っていた。とはいえ、正式に禁止することはできない。結局、政府はある方策を考慮した。つまり、文、法学部の卒業生の就職を難しくすることだ。また、就職してもあまり昇進することができないようにさせる。したがって、台湾出身者が将来を計画する時に、現実的に、社会的な地位が高い、皆から尊敬しやすい、経済的に収入が多い職業は、医師の道しかないと思うようになった。蘇友鵬も家庭の経済を考えたから、医師の道を選んだのだろう。

友鵬は昭和二十（一九四五）年四月に、台北帝国大学医学部に進学した。第十回生であった。

学徒出陣

昭和十九（一九四四）年八月、台湾総督府は「台湾は戦場状態に突入」との指示を発令した。同十月二十二日、時勢の緊迫性に応じるため、「疎開指揮部」を設立した。台北帝大の医学部は疎開の指令を受け、行動計画を立案し始めた。同年の教授会議の決議で、疎開計画が実施されることになった。疎開先は、二ヶ所に選定された。一つは台北近郊の渓洲地区（現在新北市中和区圓通寺付近）で、もう一箇所は桃園大渓地区であった。

昭和二十年の年明けに連れて、アメリカが太平洋での攻勢を強めた。二月十九日、硫黄島への攻撃が始まって、三月三日にフィリピンのマニラが米軍の攻撃に負けて陥落した。いよいよ台湾に攻撃しに来るとの考えが日本の大本営の中に広まった。当時、台湾は総督の安藤利吉大将が率いる精鋭の第十方面軍が駐在しているが、ついに三月二十二日に、学徒兵へ徴集令が発出された。十八歳以上の帝国大学と高等学校の学生が入隊の令を受けて、徴集された。

蘇友鵬は三月初めに、帝大予科を卒業して、帝大からの通知は三月末に入学するようにと書かれていた。蘇友鵬らは帝大に入学してから、ただちに部隊へ行って、学徒兵になった。日本陸軍の二等兵で、荒川部隊に編入された。部隊長は荒川中隊長で、その部隊を荒川中隊と呼んでいた。

彼ら学徒兵は、まずは台北近郊の淡水で編隊され、基本訓練を受けてから、台北近郊、海岸の八里と近い五股の間にある観音山の麓の駐屯地へ行かされた。毎日、陣地を構築したり、防空壕を掘ったりして、防禦の工事を急いだ。荒川中隊の構成は、帝大医学部の低学年の学生をメインに、医学部付属の医学専門学校の学生、一部の農学部の学生から編成された。学徒兵は、出身を問わず、日本人も台湾人もいた。彼らに与えられた武器は、旧式の小銃、古い対戦車火砲しかなかった。荒川部隊の学徒兵の最初の任務は戦壕を掘ったり、手榴弾を持って戦車へ攻撃する訓練をしたりしていた。戦壕はいっぱい作られた。学徒兵は戦壕に身を潜んで、竹竿の先端に手榴弾を仕掛けて、戦車が来ると、手榴弾を起爆し戦車へ仕掛ける、いわゆる蛸壺《たこつぼ》式攻撃法の訓練を受けた。この攻撃法は、手榴弾を起爆すると、戦壕に潜んでいる兵士も一緒に爆発にあう、自殺の攻撃である。終戦直前、大本営はすでに時勢が芳しくないと見て、自殺の攻撃計画を考え出した。一番有名なのは神風特攻隊であった。若者の命を犠牲にして、敵に傷害を与える無残な方法と言わざるをえない。日本軍部が若者の尊い命を犠牲にまでして、敵を消耗することは、深く反省すべきだ。

昭和二十年、台湾に駐屯している第十方面軍は二十万人ぐらいいる。安藤利吉大将（当時台湾総督を兼任）が司令官を務めていて、第五十師団と第六十六師団をメインにする最精鋭の陸軍部隊が米軍の進撃を備えている。第十方面軍は台北に本拠地を置き、各部隊は台湾の南北を貫通する中央山脈の各地や丘陵部に防衛陣地を張り巡らしている。彼らは精良な武器を与えられていて、アメリカ軍を迎え撃つ整然な体制を整いている。大本営参謀の考えは、アメリカ軍がフィリピンから日本本土を目指して、北上してくる。本土に侵攻する進路は台湾、沖縄を経由すると考えている。蘇友鵬ら学徒兵ら予備部隊は海岸線を守る役目で、北上して台湾に侵攻してくるアメリカ軍を一時打撃を与え、アメリカ軍を消耗したいとの計画である。その後、精強な第十方面軍が米軍と対決する構図なのだ。

若い学徒兵部隊は犠牲にして良いと思っている。日本人、台湾人を問わずに犠牲にしようと考えている。蘇友鵬らの学徒兵部隊の任務は非常に簡単明瞭である。つまり、彼らは八里坌から上陸して台北を目指して進撃してくるアメリカ軍の進路を防ぎ、戦車を抵抗して、米軍に足止めを与えて、消耗しようとのことである。しかし、学徒兵部隊に与えられた武器は、旧式の小銃、対戦車の火砲も小さい、古いものばかりで、完全な自殺行為に近い戦術と言わざるをえない。また、林口から樹林の間に、特攻隊を訓練する飛行場が設けられている。五股は、沿岸部の八里から林口への交通要衝だ。観音山一帯は、重要な防御拠点である。

蘇友鵬ら学徒兵は六月初めに、一度駐屯地から台北市内に戻された。五月三十一日に台北大空襲があったからである。アメリカ軍の爆撃機が台北に無差別爆撃を実施し、台北市内は甚大な被害を受けたのだ。台北帝大付属病院も被害を受けた。蘇友鵬らは、大空襲を受けた台北市内の環境整理、整頓作業に駆り出された。その後、再び駐屯地に戻って、戦壕を掘ったり、自殺攻撃の訓練を受けたりしていた。もちろん、火砲や武器の手入れ作業も怠りなく毎日行っていた。食事は、ご飯は十分に供給されるが、お肉や野菜のおかずがあまりなく、漬物ばかりの食生活だった。その内、台湾出身者は家族からお金を送ってもらい、近くの農家へ行って、鶏を買ってその場で捌いて焼いたり、鍋にしたりして、皆の腹を満たした。これは学徒兵生活の中での、唯一の楽しい思い出であった。

ある日、蘇友鵬は命令を受け、五股へ食糧の運搬に行った。途中、米軍爆撃機の空襲に出喰わして、青空には米軍のＰ-38、Ｂ-24、Ｂ-28などの飛行機が編隊で飛んでいて、危うく逃れた。八月十五日、学徒兵全員は集合して、昭和天皇の「玉音放送」を拝聴した。ラジオからの声ははっきり聞こえないが、戦争が終わったことだけははっきりした。荒川部隊の陸軍二等兵蘇友鵬ら学徒兵は、一等兵に昇進した。簡単な別れの宴が設けられ、敗戦の悲しみや中国への復帰の喜びなど何も考えずに、一等兵蘇友鵬は荷物を担いて、荒川部隊から解散して、台北市内の下宿先に帰って、そして一旦台南の実家への帰路についた。

昭和二十年十月、蘇友鵬は再び台北へ、改制された国立台湾大学の医学院に復学するためであった。

戦後の混乱した大学生活

昭和二十年八月に終戦を迎え、秋になって台北帝国大学医学部および大学付属病院の学生は続々学校に戻り始めた。しかし、学校内は変な雰囲気が漂っている。つまり、台湾出身者学生と日本出身者学生の間はギクシャクした空気になった。日本人は植民主から敗戦國の国民になって、一日にして天国から地獄に落ちたような転落ぶりだ。ある台湾人学生は、日本人学生を病院前の広場にかき集め、これから日本学生は学校に来ないようにと訓話した。日本人が「和親会」という組織を立ち上げ、一方台湾人医師は「台医同窓会」を作って、対抗する姿勢を示した。「台医同窓会」は第一期生の許強医師、李鎮源先生、許燦煌医師、第三期頼肇東医師、そして昭和十二（一九三七）年に帝大医学部付属医学専門学校を卒業した翁廷俊医師、計五人を委員に選んで、杜聡明先生の台北帝大医学部の接収作業を手伝っている。接収対象は、医学部、医学部付属医学専門部、熱帯医学研究所、帝大付属病院、及び日本赤十字台湾支部、赤十字病院などの関連機関である。杜聡明先生を筆頭とする六人は医学院全体の整理、再建作業を担当することになった。また、「祖国（中国）」からの軍隊の日本軍の医療関連物資の接収を手伝っている。

　同年十一月十五日、接収作業を終え、中華民国行政院は台北帝国大学を国立台湾大学に改め、文学、法学、理学、工学、農学、医学、計六つの学院を設立した。同二十日に、行政院第七百二十一回会議で国立台湾大学の案が決定し、同二十五日に国立台湾大学が正式に成立した。蘇友鵬は十一月二十五日付で、台北帝国大学医学部の学生から、国立台湾大学医学院の学生へ変身され、第三期生になった。

学校の再編成が終えて、蘇友鵬も学校に戻り、学生生活が再び始まった。しかし、翌年、台湾大学病院に医師のストライキが発生した。[4] ストライキの原因は、台湾省行政長官公署の官僚が国立台湾大学の人事に介入し、そのため人事上の不公平が生じ、医師らはそれに抗議し、診療行為を中断したのだ。そのストライキによって、病院の医療が停止になり、間接に医学院の学生の授業や研修なども止められた。

この医師らのストライキ事件については、色々な説明があって、事件発生の理由は簡単極まった。終戦後、中国から台湾に来た官僚に問題があったのだ。彼らは「公」と「私」との区別がなく、占めている職位を嵩にして、現実の状況を無視して、個人の私利を求めたのだ。そのため、大学病院の先生たちが立ち上がり、抗議した。

終戦までの台北帝国大学の水準は、日本の本土（内地）の他の七軒の帝大とまったく同じレベルであった。また、日本の南進基地として、本来日本では慣れない亜熱帯、熱帯の関連研究を台北帝大に委ねることによって、専門的な研究はかなり進んでいる。終戦を迎え、中華民国はそのすべてを接収することになった。国立台湾大学の初任学長は羅宗洛先生だった。羅学長は昭和二十年十一月十五日に、元台北帝大の総長安藤一雄先生と接収の手続きを終え、国立台湾大学が正式に発足した。当時の接収作業の担当は、杜聡明が医学部、蘇歩青、陳建功および蔡邦華が理農学部、陸志鴻と馬廷英が工学部、林茂生が文学部、陳建功が教務長、陳兼善が総務長であった。

杜聡明先生は、明治三十（一八九三）年台北淡水生まれで、大正三（一九一四）年台湾総督府医学校を卒業、大正十一（一九二二）年京都帝大の博士号を取得、台湾で初めて医学博士号を取った人であった。昭和三（一九二八）年杜氏断療法を提出し、アヘン常習者の治療に大いに役に立った。後に、微量モルヒネ定性定量の尿液検査法を発明し、医学界の斬新な方法であって、国際上に広められ、世界各国がその検査法を採用した。

一九四五年十二月に正式に台湾大学医学院の院長に就任、大学付属病院の院長を兼任し、一九四七年退任した。一九四八年再び医学院の院長に就任し、一九五三年退官した後、高雄へ赴き、高雄医学院を創立した。杜院長は台湾大学が学術研究上と専門者への教育訓練上が引き続き保つことを念頭に、また医学の専門性を考慮して、本来台北帝大の日本籍教授を留用することに決定した。もちろん、現実上一つ大きな問題があることも大きく関わっている。要するに、「中国人教師」の数量と質はどうしても対応しきれないのだ。日本人の教授を引き留めないと、教育ができなくなる恐れは十分にある。台湾大学医学院の日本人教授は昭和二十四（一九四九）年に任務を終え、帰国した。

蘇友鵬は医学院での勉強に没頭した。早く一人前の専門医師になりたいと思った。その忙しい最中にも、蘇友鵬はバイオリンの練習を怠らず、ずっと学び続けていた。また、北京語の勉強をも始めた。これは台湾の悲惨な現実であった。いつも外来政権の言葉を勉強することを強いられた。日本時代は日本語を学ばなければならない。今度、中国人が台湾に来たから、中国語を勉強しないといけない宿命となった。蘇友鵬は終戦後暫く台南に戻った。親しい同窓の一人王V（育彬）の腹違いお兄さん、王育徳さんと再会した。王育徳さんは台北高等学校を卒業した後、東京大学へ進学して、終戦と共に、台湾に戻った。蘇友鵬は王育徳さんについて北京語を学び始めた。この勉強は昭和四十四（一九四九）年や王育徳さんが香港経由で日本へ亡命するまで、ずっと続いていた。王育徳さんが亡命した後、蘇友鵬も自習で北京語を勉強し続けた。

二二八事件時の学生大隊

二二八事件発生後、各地で展開された事件処理委員会は、政府との交渉を熱心に求めた。しかし、委員会の中には様々な意見の行き違いが飛び交って、一部激進の民衆は政府との妥協を嫌い、あくまでも武力闘争で、事件を解決するという意見を主張した。委員会の解決案は中々結論を纏めることができなかった。その最中に、台湾の中南部は、武装攻撃が相次いで発生した。

台北市では、学生のリーダー格の郭琇琮、陳炳基、及び李中志らが先頭に立って、武装攻撃計画を企てた。作戦決行日は三月四日に決められた。彼らは台湾大学本部キャンパスの各学部、法律商業学部、台湾省立師範学院（元台北高等学校の校舎を利用して作った師範学校、現在は国立台湾師範大学）、延平大学などの学生を動員し、三つの学生大隊を組んで組織編成した。

攻撃作戦計画の詳細内容は下記の通りであった。第一大隊は陳炳基、第二大隊は郭琇琮、第三大隊は李中志、それぞれがリーダーとして各大隊を率いて、行政長官署所属の機関（警察、憲兵、兵隊弾薬庫など）を攻撃し、武器や弾薬を取得後、行政長官署へ進攻するとの計画であった。三月四日の夜に各大隊が集合して、第一大隊の集結地は建国中学校（元台北第一中学校）、第二大隊の集結地は省立師範学院、第三大隊の集結地は台湾大学の本部キャンパス。最初の攻撃は三月五日の未明に始まる。李中志が指揮する第三大隊は台北近郊の烏来のタイヤル族先住民と合流し、警備の薄い景美の弾薬庫を攻撃して、武器と弾薬を取得する。その後、第二大隊と合流して、比較的に警備の厳しい馬場町の武器弾薬貯蔵庫を攻める。三つの大隊がすべて武器と弾薬を取得後、各自が台北市内の各地に点在する軍隊、憲兵、警察の拠点を進撃する。そして、最後は三つの大隊が集合して、合同で行政長官署（現在の行政院）へ攻撃をする計画だった。

二二八事件が勃発した時、蘇友鵬は台北帝大から改められた国立台湾大学の医学院の二年生であった。台湾大学の医学部は昔の総督官邸の向こう側、大学病院の隣にある。蘇友鵬は一つ年下の叔父に当たる陳海国（終戦後東京の医薬関連の専門学校から帰国し、台湾大学の医学部に編入した）と、台南二中の同窓林耿清と三人で、ちょうど医学院と大学本部キャンパスの間の温州街辺りに下宿している。二月二十八日に事件が勃発した後、学校は一時休校になって、「学生は下宿先からの外出を控え、下宿している所に待機するように」と、学校から厳しい指示が出された。三人とも下宿している寮にいて、事件の発展に関心深く注目していて、事件の展開がどうなるかをじっと見守っていた。彼ら三人はやることがなく、熱い鍋の中のアリのように焦っている。三月四日の夕方に、学生聯盟の連絡係の者が三人の下宿先を訪れ、師範学院へ行って集めるようにと伝えた。三人は連絡係の者に付いて、少し道を遠回りし、省立師範学院（現在国立台湾師範大学）へ行った。学校のグランドはすでに四、五百人の若い学生が集まっていた。三月初めの夕方、空から霧雨が降り続け、グランドの前方に、ハンカチで顔を覆い隠している一人が、集まっている学生たちに対して熱心に演説をしている。冷たい風、霧雨が降っている中、肌はかなり寒く感じているが、皆の心は熱く燃えていた。終戦後に「祖国復帰」してから一年半、中国人によって乱された台湾社会は、今日という日にやっと変える時期が来たと皆は奮い立っている。台湾の混乱を解決する機会を彼らが待ちに待って、やっと訪れたのだ。彼ら若い学生はこの両手で新しい台湾の秩序を創る担い先鋒になることを、興奮しながら勢い立たせた。

蘇友鵬は、演説している人の姿を見て、先輩の郭琇琮だと気付き、前へ進んで近づいて行った。二人の目が合った。郭琇琮先輩は蘇友鵬に軽く頭を振って、指を口に近づけ、喋るなとの合図を送った。郭琇琮先輩は腰に脇差を帯びている。周りに若い学生たちがいっぱい囲んで、皆の手に竹の竿を持って、先端を削っている。竹やりを作っている作業の最中だ。ある学生たちは郭琇琮先輩の演説、作戦計画の説明を夢中で聞いている。彼らの手には、すでにでき上がった竹やりを持っている。

郭琇琮先輩の計画の説明は以下の通りである。大隊の全員はいくつかの小隊に分けて、それぞれ違う道を回って、予定時刻に馬場町の近くの南機場（元日本時代の飛行士訓練場）に集合する。彼処で第三大隊とタイヤル族の先住民部隊と合流する。そして、南機場の近くの馬場町にある軍隊の武器弾薬貯蔵庫を攻撃して、武器や弾薬を奪い、すべてを掻き集める計画であった。蘇友鵬は中国の軍隊への攻撃計画を聞いて、恐れることなく、その代わりに気持ちは一層高め、奮い立った。

蘇友鵬は一緒に下宿している他の二人と同じ小隊に編入された。彼らは降り続けている霧雨の中に、ほかの小隊の隊員と歩き出した。冷たい空気の中に、皆の心は燃えるように暑く感じた。寒い夜の街道に、蘇友鵬の心はワクワクしながら体が震えていたが、生まれて初めて戦闘に参加する興奮の武者震えであった。集める師範学院を出て、西に向かって萬華のほうへ進み、その後萬華から新店への鉄道に沿い、馬場町近くの中正橋の下に到着し、待機していた。この手で去る一年半、乱された台湾社会を新しい台湾社会に創り変えるという使命感、こんな神聖な任務に参加することが得られ、感激の気持ちはなかなか治まりがたい。

しかし、時間は刻々と進み、腕時計の針はとうに約束の時間を過ぎた数字を指したが、来る予定の烏来のタイヤル族の先住民部隊は来ない。日が変わり、五日の午前二時になった。もうタイヤル族の部隊は来ないと見限って、リーダーの郭琇琮先輩はやむを得ずに部隊の解散を命じた。蘇友鵬と他の二人は下宿への帰途に、寒い台北市内の街を歩いて、落ち込みながら寮に戻った。

大学卒業

二二八事件の後、陳儀行政長官は「清郷」と称して、台湾各地で反抗の粛清活動を厳重に行い、無差別な殺戮を執行して、大量な台湾人のエリートを抹殺した。表面的に台湾社会は少し平穏に回復したが、本省人（台湾人）の反外省人（中国人）の意志はなくなったわけではなく、皆がその不満を心の底に隠して潜めていたのだ。その後、大学の授業も再開され、蘇友鵬は医学の勉強に一生懸命励んでいた。彼は耳鼻咽喉科を専攻し、耳鼻咽喉科の専門医となった。

学校の厳しい授業について、蘇友鵬は何も苦だと思わなかったが、家庭の経済問題で、生活はかなり苦しかった。長年親族（主に大叔母の鄭陳鑾、叔父の陳水鏡医師）の援助を受けながら、学校の勉強をしていた。叔父の陳水鏡医師は一九一五（大正四）年生まれ、州立台南第二中学校卒業後、台湾総督府台北医学専門学校（台北医専と略称、一九三六年四月に台北帝国大学の医学部の管轄に編入され、台北帝大医学部の医学専門部になった）へ進学し、一九三九（昭和十四）年に卒業した。台北医専の第三期生であった。卒業後は故郷の台南に戻り、結婚してから高雄に移って開業した。陳水鏡医師は蘇友鵬の勉学、優秀な成績に感心し、台北で勉強している蘇友鵬へ経済援助をしていた。大叔母の鄭陳鑾（筆者の曽祖母）は若くして夫を亡くして一人娘の鄭梅を育つために、行商していたが、商売がうまく、お金に余裕があった。蘇友鵬の州立台南第二中学校時代は、この大叔母の自宅に下宿していた。大叔母の鄭陳鑾は蘇友鵬が子供の頃からずっと可愛がっていて、もちろん援助を惜しむはずはなかった。

蘇友鵬は援助を受けながらも、自力でアルバイトをしていた。当時、教師が不足していたため、医学生のアルバイトは、一般学校の客員教師や家庭教師がメインであった。蘇友鵬は知り合いの台北在住、同じく台南出身の王耀勲氏（台南安定郷港口村生まれ、明治大学卒業した。戦後は《新生新聞》に入社して、日本語の編集を勤めている。その後《新生新聞》の日本語版が廃刊され、台北市第六倉庫合作社の総務主任に転職。後、蘇友鵬と同じ案件で逮捕され、銃殺された）の紹介で、開南商工学校で客席教員として働いていた。さらに、《新生新聞》の編集長王白淵氏の紹介で、いくつかの家庭教師も務めていた。

同じ台南出身の誼みがあるから、新婚の王耀勲氏はよく蘇友鵬を家に招いて、一緒に食事をしていた。読書家の蘇友鵬はいつも下宿先に戻る前に、王耀勲氏が所持している書籍を借りて、下宿先で読んでいた。王耀勲氏は様々な書籍を持っている。その内、社会主義者や中国左翼に傾いている作家の本もあった。理想を持っていて、正義感溢れる蘇友鵬は、戦後の台湾が蔣介石の国民政府の汚職、不正などの横行が元で、台湾社会が乱されたことに不満を持つ。そして、公正、正義を唱え、いかにして社会の不公平な階級を打破するかを唱える社会主義に思想を傾倒するのは不思議なことではなかった。これは蘇友鵬に限らず、台湾の知識人、有識者の間に共有する憧れとも言えよう。

蘇友鵬は医学専門を学び、傍らは新たな「国語」（北京語）を勉強し始めた。やはり、中国人の統治下で、北京語は必要だと思っていた。蘇友鵬の北京語の勉強は、台湾人の惨めな歴史の現実の一面である。常に外来の統治者の言葉の勉強に強いられている台湾人の情けなさとも言えよう。要するに、支配者が変わるたびに、必ず支配者の言葉を学ばなければならない。日本時代は日本語を「国語」として勉強しなければいけない。中国人が来たから、中国語「北京語」の教育が強制に施され、その後長い間台湾語は禁止された。今の蔡英文総統が台湾人でありながら、自分の言葉……台湾語は話せなくて、標準的な北京語しか喋らないのも、国民党政府の強制的な国語（北京語）教育と台湾語禁止の賜り物であった。この点、日本政府の台湾統治時代に、教育は日本語を使用していたが、社会では台湾語を禁ずることなく、逆に日本人の台湾語勉強が勧められ、台湾語を話すことを奨励した。蘇友鵬の北京語勉強は、社会の変化にも影響を受けた。読書は主に中国の左派の作家、魯迅、巴金、茅盾など

畢業證書

學生蘇友鵬係臺灣省
臺南市縣人現年貳肆歲
在本校醫學院
學系修業期滿成績及格
准予畢業依學位授予法
第三條之規定授予醫學
士學位此證

國立臺灣大學校長 傅斯年
醫學院院長 杜聰明

中華民國三十八年 七 月 日

蘇友鵬の台湾大学医学部卒業証書

の作品に集中した、蘇友鵬の格好の北京語勉の教科書となった。本来、中学校からすでに社会主義や左派の作家の作品を日本語で読んでいたが、今度は中国漢文を改めて読んで、北京語を勉強しながら、その論述を吟味した。台湾の現状をいかに改善するか、社会はどうすれば公平と正義が訪れるかを考える好材料であった。しかし、それが災いの元になったのは、誰も知るよしはなかっただろう。蘇友鵬はそんな学生生活を送りながら、医学の勉強、医師になる厳しい訓練を受けた。

一九四九年七月、蘇友鵬は優秀な成績で晴々国立台湾大学の医学院から卒業した。卒業と同時に台湾大学病院に就職し、耳鼻咽喉科に勤めながら医学院の講師にもなった。やっと経済的にも自立を得られ、一人前の社会人になった。今までの苦しい経済生活から抜け出すことができた喜び、家族への思いやりの強い蘇友鵬は、これから幼い弟妹への支え、お母さんへの負担軽減、家庭経済の大黒柱になれること、また社会に貢献ができることに奮起し、彼の意気軒昂は想像しやすいのであろう。

しかし、十ヶ月後に彼の身に起こることを一体誰が知り得ただろうか。夢にも思わなかったであろう。

運よく釈放

蘇友鵬の逮捕から十年が経った。最初の一年は台北市内の各地の拘置所で監禁され、その後の九年間は火焼島の新生訓導処で過ごした。一九六〇年三月初旬のある日、蘇友鵬は中隊の政治指導員から、呼び出しを受けた。指導員は蘇友鵬に、「君はここでの訓導をよく受けて、思想が完全に国家と蔣中正総統に忠誠に戻りました。間もなく君は釈放できます。ただし、釈放に際して二人の保証人が必要で、そのうちの一人は店舗経営者でなければなりません。はやく保証人を探すように」と言った。その夜、蘇友鵬は父に、その旨の手紙を書いて、保証人の保証書を同封にして、保証人探しを頼んだ。

五月十三日、蘇友鵬は同案件の先輩医師、胡鑫麟先生と胡寶珍先生の三人で、もらった釈放証明書を携えて新生訓導処のゲートを出て、台東行きの漁船に乗って、火焼島を後に、台湾本島へ向かった。胡鑫麟医師の奥さんは台東まで迎えに来てくれた。自由になって初めての食事をとって、三人は別れた。蘇友鵬はバスに乗って母親が住んでいる高雄へ向かった。

釈放に先立ち、訓導処は国防部へ公文書を発行した。中には「蘇友鵬は教化をしっかり受け、思想は正しく直った。三民主義の実行で、国家、民族、個人が明るい将来を迎えることができることを強く信ず。また、総統の導きで三民主義が実現でき、大陸への攻撃がかなえ、中華民国の復興に繋がると信ず」と書かれている。公文書は、新生訓導処での思想評価書が添付されていた。

上記の公文書から、新生訓導処での洗脳教育がいかに荒唐無稽であるかがわかる。しかし、懲役期間が終わっても釈放が許されない人もかなりいた。まず、思想改造が不完全な人、つまり、思想評価が不合格の人は期間を終えても釈放しない。一部の人は火焼島の新生訓導処から、改めて屏東県にある小琉球という島へ移送して、一年から三年間の期間延長の再教育を行った。

また、思想改造に合格しても、保証人が見つからなければ釈放されない。蘇友鵬ら台湾人は家族がいて知り合いもいたから、難しくとも保証人を見つけることが可能だが、一部の、すでに家族がいない、あるいは中国からきた受難者は保証人のあてもなく、釈放されなかった。

なお、釈放される前日、蘇友鵬は再び政治指導員に呼ばれた。今度は、宣誓を強要された。その内容は、1、逮捕されてから火焼島での十年間のことはすべて他人に言わないこと。2、釈放後に不法な集会や反乱組織に参与しないこと。もし違反した場合、厳しい罰を受けることになる。口頭だけの宣誓ではなく、宣誓書に署名し、指の捺印まで強要された。

すべての手続きを終え、蘇友鵬は火焼島の新生訓導処から、釈放されたのだ。蘇友鵬は高雄へ赴いて、母親に会った。そして、台南へ行って、すでにお寺に出家した父親にも会った。父親は蘇友鵬のことが心配で、世間のことに呆れて、出家したのだ。

社会復帰

釈放された後、蘇友鵬はしばらく実家に留まって、母親に親孝行をしていた。中学校以降、家を出て、下宿の続きだった親子二人、水入らずの幸せなひと時だった。

一ヶ月後、蘇友鵬は台北へ行った。恩師の杜詩綿医師に会うためだ。卒業して一年経つ前に逮捕され、十年間も社会と分断されたので、恩師から、ぜひ台北に来て大学病院で改めて最新医術を研修した方が身のためだと言われたからだ。

蘇友鵬は杜詩綿医師の愛弟子である。その後も蘇友鵬が鉄道病院に就職に際して、杜詩綿先生が保証人の一人となってくれた。これは後の話になる。

蘇友鵬は再び大学病院に入った。十年前、大学病院から連行されて苦難が始まった。懐かしい消毒液の匂い、慣れた医療器具、患者への診療、すべてが夢のようであった。しかし、研修医と言っても給与はない。幸い、当時ちょうど第二回台湾海峡危機の八二三金門砲撃戦が終わったばかりで、台湾の兵役制度が変更され、すべての若者が兵役の義務で台湾社会全体に医師不足の問題があった。蘇友鵬は各地のクリニックでバイトし、生活費を稼ぐことができた。他の受難者が、就職しても警察や特務のボイコットを受けた当時、蘇友鵬は無事で、その影響はなかったのだ。

その後、さらに先輩医師の楊蓮生氏[6]の助けで、台北鉄道病院に就職することができた。公務員になったのだ。そのため、改めて保証人が必要となり、蘇友鵬の先輩・杜詩綿医師、胡鑫麟医師義理のお兄さん李鎮源医師[7]、そして蕭道応医師[8]の三人が保証人になってくれた。

台北鉄道病院は、昭和十四（一九三九）年に台湾総督府鉄道部が創立した病院であった。終戦後は台北鉄路医院に改名され、台湾鉄道管理局の総務課の管轄に置かれた。一九八七年三月一日に台湾省政府衛生處に移管され、台湾省の省立病院台北病院（台北県新荘）と合弁され、台北病院城中分院になった。一九九八年の台湾省政府の凍結により、省立台北病院は衛生署の管轄に移され、衛生署立台北病院の城中分院と改称された。二〇一三年衛生福利部は台北病院を合弁し、城中分院は廃院された。

蘇友鵬が台北鉄道病院に就職し始めた時、耳鼻咽喉科は三名の専門医歯科医しかいなかった。主任医楊蓮生、周天一医師、そして蘇友鵬の三人だった。人数が少ない代わりに、皆が一心同体となって、台北鉄道病院の耳鼻咽喉科をいかに台湾医療の専門重鎮とするかで力を合わせ、共に頑張った。そして、台湾の公立病院の中の耳鼻咽喉科の医療先駆者になって、特に耳の病気に関しては、台湾屈指の耳鼻咽喉科医療の権威になった。楊蓮生先生は回顧録の『診療秘話六十年』に、鉄道病院の耳鼻咽喉科の開拓について述べた内容は、以下の通り。

「……前略、周天一先生、蘇友鵬先生、そして私の三人は、台北鉄道病院の発展のマイレージ・ストンを作り上げた。最初、我々は鉄道労働者の騒音による耳障害を重点に取り上げて、研究を重ねながら、日本の医学文献をも参考して、台湾初めての関連論文を書いた。引き続き、聴力障害、耳鳴り、眩暈などの研究をも着手し、大きな成果を上げた。そして、台北鉄道病院は台湾屈指の耳障害関連病気を治療する重鎮になった。いつからか、毎日病院を訪れる患者さんが溢れて、無給の研修医も十数人まで上った。鉄道病院の耳鼻咽喉科は、三十年間の輝かしい時代を作り上げた」（『診療密話六十年』）

政治犯は永遠に消せない烙印

本来、司法の観点から見ると、逮捕され、裁判を経て有罪判決が下されれば、懲役を受けて刑期が満了した後、社会への復帰が許され、犯罪前歴はあっても、罰を受けたのだから更生人として、普通の生活に戻ることができるはずだ。しかし、台湾の元政治犯はどうか。蘇友鵬は運よく先輩の楊蓮生先生の極力な協力を得て、台北鉄道病院に就職を叶えて、公務員までなったが、やはり監視の目は常に張られ、いつも見張られていた。数回にわたって、調査局の特務に連れ出されたことがあった。自己の反省文まで書かせられた。その反省文の内容から、当局は蘇友鵬が常に自分が元政治犯であることを忘れさせないという意図が潜んでいる。調査局は、「お前は元政治犯だ。我々はお前を監視している」との態度がはっきり伺える。

そして、他の難友は、社会復帰した後もボイコットされたりハラスメントを受けたりして、進学や就職をすることさえ難しかった。例えば、同じ日に逮捕された先輩の眼科主任医、胡鑫麟先生は釈放された後、故郷の台南で小さな眼科クリニックを開業した。しかし、派出所の警察はよくクリニックに来て、ハラスメントをした。胡先生は耐えられなくなって、日本へ逃れた。同じく皮膚科の胡寶珍先生も台南の地元の新営に戻って、開業したが、その後完全に消息を絶った。

蘇友鵬の晩年、歴史の真相の明かしを呼びかける活動や、移行期正義を求める行動、人権教育などに一緒に参加して、共に戦い活躍した親友の蔡焜霖氏は、釈放後に大学入試に合格し、台北師範学校に入学したが、たった二ヶ月で退学させられた。その後、私立大学の夜間校に再入学した。昼間の就職もボイコットされ続けた。蔡氏は転職を重ねた末、国華広告会社に就職し得た。しかし、ボイコットは絶えなかった。ある日、広告会社の社長・許炳棠氏がボイコットに来た警察に、「蔡君はうちの会社でよく働いています。別に心配することはありません」と保証したから、蔡崐霖氏はその後、その会社に勤め続けることができた。

独裁政権は、一度反乱分子と見なした以上、懲役を終えて社会に戻った後も、許そうとはしない。胡鑫麟医師は証言した。「国民党の定義では、政治犯は終身職です。刑期終了後も、政治犯という身分は変わりません。国民党のやり方は、情勢によるのです。時局が緊張しているかどうかに大きく関連しているのです。彼らが大陸から撤退する際に、最後の機会を把握して、人をたくさん殺害しました。……私たちのようなブラックリストに載せられた人は、真っ先に殺されますよ。私はすでに年をとって、どうでも良いのですが、子供にはこんな運命から離さなければなりません。……国民党から遠く離れれば離れるほど安全です」（『島嶼愛恋、医者の道』）

台湾社会は二二八事件、長年の白色テロを経て、全体的に恐怖に満ちている傾向があった。誰もが政治犯の前歴を持つ彼らとの接触を憚っている。関わっていると当局に見なされれば、同じく罪を問われる処置が独裁政権の政策であって、政治犯との関係で、迫害を受けた人も大勢いた。ある民進党の元老格に当たる元政治家の話だが、「私は日記を書くことをしませんでした。書かない理由は、実に簡単であります。美麗島事件の時に、施明徳が書いたノートが没収されて、警備総部の特務がそのノートを参考に、書いてある電話番号や名前などを辿って、新たな関係者を探し求めていることがわかったからです。万が一、私も独裁政権に逮捕されれば、私が書いた日記を参考に、特務が関係者狩りにでも利用して、無実の人に累を及ぶことでもあったら申し訳ないと恐れました。だから、何も書かない方がためでありました」。白色テロ時代の台湾社会の雰囲気は、人間同士の関連性で恐怖心に満ちていることが理解できるだろう。

台湾で「政治犯」というラベルは、刺青と同じだ。一度体に入れると、一生消すことができなくなる。確かに、今は医学のレーザー技術が発達して、刺青を消せる方法があるが、刺青の墨が消えても、その傷跡は残るのだ。蘇友鵬らの政治犯というレッテルは、見えない刺青のように一生背負い続けることになるだろう。

政治犯へのハラスメントやボイコットは、軍事戒厳令が解除された一九八七年になって、やっと少し和らいだが、最終的には一九九一年五月の「動員戡乱時期臨時条款」廃除を経て、九二年刑事法百条の正式な廃除後に、やっと完全に解けた。民主化と共に、台湾数十年来の白色テロに本当に終止符を打てた。特務や警察の関心（ハラスメントとボイコット）がなくなった。台湾も少しずつ正常な社会に戻ることができた。蘇友鵬ら政治犯は、やっと背中に負っている重い荷を下ろすことができたと言えよう。

しかし、受難者本人とその家族の心の深い所に長年痛められた傷は、簡単に治ることはない。長年持ち続けたプレッシャーや恐怖心なども簡単には消えない。さらなる年月が必要だろう。心の見えない監獄は依然として高い壁に隔離されている。

移行期正義（Transitional Justice）

国際移行期正義センター（ＩＣＴＪ）によると、「移行期正義」という用語は、「新しい政治体制に移行した国家による、過去の大規模な人権侵害に対する取り組み」を説明する言葉として、一九九〇年代の米国学術界で作られた。正義の確立、和解の達成を目的として行われるものである。

九〇年代以降、台湾は李登輝総統の民主化政策に伴い、独裁政治体制が崩壊し、人権が重要視し始めた。台湾行政院の法務部から立法院（国会相当）へ提出した資料によると、軍事戒厳時代（一九四九年〜一九八七年）に軍事裁判所で裁判した政治案件は二万九千四百七件あった。政府は無辜な被害者数を約十四万人と見積もった。また、司法院の関連情報によると、政治案件は六、七万件あって、一つの案件に平均三人が関わると計算すれば、被害者数は二十万人を超えるだろう。一九六〇年、政府は十二万六千八百七十五人を行方不明者として、戸籍を取り消した。したがって、被害を受けて命を失った人数は膨大であった。

同じく南アフリカは長年にわたって白人による統制が続き、深刻な有色人権問題が続いた。一九九〇年代に入り、デ・クラーク大統領の英断で、アパルトヘイト関連法、人種主義法が廃止され、一九九四年に全人種による選挙が行われ、ネルソン・マンデラが大統領に就任した。南アフリカの移行期正義に長年携わっていたデズモンド・ムピロ・ツツ大主教（Desmond Mpilo Tutu）が移行期正義について、「真相なければ和解なし、寛恕なくては未来がない」と言った。

蘇友鵬は台南二中時代に英語を学び始めた。彼は英語語学について、非常に高い自信を持っている。社会復帰した後も英語の論文を発表したり、最新医学の知識を調べたりしていた。蘇友鵬はよく言った。

「英語の辞書に、第二次世界大戦後、新たな単語が追加されました。『GENOCIDE』という単語です。その意味は人種、民族を計画に絶滅させようとすること。集団殺戮、殺害を指す。ドイツのナチスがヒトラーの指示にしたがってユダヤ人を計画的に大量殺害し、民族の絶滅を企てたからできた言葉です。その後、世界各地に民族を絶滅しようとすることが多発し、無辜な人間の尊い命を奪いました。蔣介石が台湾で行った惨殺はまさしく「Genocide」と言えましょう」。

繰り返し言うが、四五年九月二日、連合軍の総司令官マッカーサー元帥が発した「指令第一号」は、中国の蔣介石委員長に連合軍の代表として、台湾に駐在している日本軍の降伏を受ける任務を与えた。国際法上、台湾は連合軍の軍事委任統治地区であって、中国の領土ではない。国際法上に於いて、委任統治当局は統治地域の住民の国籍を変更する権限がないと明確に定められている。一九五一年九月八日に署名したサンフランシスコ平和条約（中華民国と中華人民共和国両方共に会議に加わらなかった。条約にもサインしなかった）で、日本政府は台湾の権利、権限および請求権を放棄したが、誰に渡すかは明言していない。その翌年の五二年に締結された日華平和条約（日本と中華民国との間に結ばれた平和条約、一九七八年八月十二日に日中平和友好条約の締結と共に廃棄された）も台湾の帰属については前年のサンフランシスコ平和条約に基づくとされた。したがって、戦争を終結する平和条約を締結するまでの間、臨時委任統治者は統治地域の国籍変更をさせる権力はない。もちろん、中華民国が主張した台湾を「光復」したことも法律的な根拠はない。そして、国際法上の戦時委任統治地域の台湾における中華民国が一九四六年一月十二日に中国籍に変更したことが国際法違反であることは明らかだ。

一九四八年十二月十日、国連総会が二六〇（Ⅲ）A決議を可決、ジェノサイド条約の採決が行われた。中華民国は元々国連機構設立の国であって、安保理事会の常任委員も務めている。中華民国の国連代表がこの決議案を同意し、採決させた。

中華民国の蒋介石が自ら国際法に違反して、台湾住民の国籍を変更した。さらに、国連の決議に違反して、台湾で戦争犯罪とジェノサイドの罪を犯した。そして最終的には、強引に台湾を非法占拠して、中華民国の一部にした。

中国での内戦に負けた蔣介石は、台湾に撤退して避難にきた。そして、台湾を我が物として君臨し、中国大陸への「反攻基地」に変えた。その後、「軍事戒厳令」、「動員戡乱時期臨時条款」、「戡乱時期検粛匪諜条例」などの悪法を実施し、台湾社会の潜在的な反対勢力や政敵を抑圧した。台湾社会はこの人為的な惨禍で、地獄になった。蔣介石は台湾で施した悪行を、中国共産党を取り締まる大義名分として、国際社会へ大々的に宣伝していた。もちろん、自分の独裁を隠そうとした。

その内実は、特務の手によって台湾のあらゆる「反抗」を鎮圧し、社会を思うままに制圧迫害した。それはあくまでも自分の権力の座をいかに強固にするかで、残虐な手段を用いて体制的な暴力を振る舞った。蔣介石が亡くなった後、桃園市大渓区に大きな帝王の陵を建設して、遺体に永久保存する工夫を施して、憲兵を駐在させて、守護することまでした。そして、台北市内の一等地、総統府の向こう側、本来台北の一等商業地区に定めた土地に、勝手に使用目的を変更した。昔の皇帝を祀る寺のような記念堂を大きく建設して、台湾人を嘲笑うように鎮座した。二〇一一年に北朝鮮の指導者金正日が亡くなった時、北朝鮮全国をあげて追悼式を行い、棺を運搬する自動車が走る街に、両サイドに北朝鮮の人民を集めて、跪いて拝む光景は記憶に新しいと思うが、実は一九七五年に蔣介石が亡くなった時、台湾でも同じことが行われた。まずは、テレビ局が一ヶ月間、カラーテレビから白黒テレビに変わった。国民全員に外出する際、常に長さ約八センチ、幅二・五センチの黒い布を服に縫い付けることが義務と定められた（これは中国式な風習で、家族の長者が亡くなる時に追悼を表す風習である）。そして、葬式が行われた日に公務員をはじめ、学校の先生と学生、宗教団体、民衆を総動員して、道路の両側で拝ませた。その後、台湾各地は連日にわたり追悼式典が行われ、蔣介石の逝去を追悼した。長らく自分は信仰心深いクリスチャンとアメリカへアピールし続けていた蔣介石は、一人の人間というより、「神」になったのだ。

五〇年代から、台湾の各地には、必ず「中正路」（台湾に逃げ込んだ蔣介石は名前を蔣中正と改めた）という路名がつけられている。小学校をはじめ、中学校、高校、大学まで「中正」の名前を付けることが現実の台湾社会である。学校を始め、軍隊駐屯地、公設機関に、蔣介石の銅像がいたる所に設置され、現在にも一千個以上が残っているのが台湾の現状だ。

近年、歴史のファイルが公開され、事実真相が少しずつ知られるようになった。蔣介石の独裁者責任を追及する声が台湾社会から出てきた。これに対して、中国国民党の支持者から、それは「必要悪」という解釈の声が出た。台湾を守るために必要な悪の手段だと蔣介石の責任を逃そうと図った。また、「過失」と功績とはオフセットにできると唱える声もあった。しかし、自分の権力の欲望のために、人を残酷に殺害したのが「必要悪」と言えようか。無実の若い国民の青春の歳月や命を奪うことが「必要悪」なのだろうか。一人の独裁者を神のように祀ることは、台湾社会の精神的な錯乱ではないか。

一方、蔣経国はどうだろうか。蔣経国は台湾の軍事戒厳令を解除した功績があると唱える支持者がいる。台湾の民主化、インフラ建設、経済発展は、すべて蔣経国の功績であると強調する人がいる。しかし、事実はどうだろう。民主化は世界の普遍的な価値であって、八〇年代になって、国際社会（特にアメリカ）の圧力には対抗できない時代になっていたから、やむをえず軍事戒厳令を解除したのだ。一九八四年、蔣経国政権の国安局の特務がヤクザと連携して、アメリカ在住の筆名・江南という蔣経国の伝記を書いた米国籍に帰化した作家を暗殺した。これには様々な噂が残っているが、蔣経国の息子が関わっているという説が有力で、アメリカ政府が蔣経国に強い圧力をかけたことはほぼ確かである。そのため、蔣経国はトカゲの尻尾切りをした。自分の政権を息子に受け継がせないことを宣言した。そして、蔣経国の晩年、台湾社会はすでに民主化を求める声が高まり、簡単に収束させることができなくなっていた。また、インフラ建設と経済発展に関しては、世界経済の発展に伴って、日本統治時代の工業基礎、さらにアメリカの経済援助があったから成し遂げた成績と言わざるを得ない。蔣経国の施政と蔣介石強権施政との違いは、同じく独裁者であっても、蔣経国はソ連で学んだ懐柔政策を使った。台湾各地へ笑顔を繰り出して、国民へ親民のイメージ作りに怠りがなかった。しかし、微笑みの仮面の下に、陰険な心が隠されていたことは否めない事実である。また、蔣介石が権力を握っていた時期、蔣経国はすべての特務機関を一手に掌握して、管理していた。蔣経国は蔭から、自分の父親蔣介石の独裁政権を支えたのだ。

移行期正義（Transitional Justice）とは、民主化政治体制を実現した国において、前の時代に行われた重大な人権侵害行為の責任者の責任を追及して、被害者に対しては救済活動を行うことである。台湾はすでに三回の政権交代が行われ、民主的な政治体制が実現して、民主化が定着した国になった。過去の独裁政権が行った人権侵害行為の責任を追及すべきである。

蔣介石の強権政権が行った数えきれない人権侵害の行為責任を追及するのが当然だが、現実的には抵抗が残っているのが否めない事実である。独裁者を祀る記念堂が依然として台北市内の一等地に聳えている。台湾各地に中正路、そして中正と名付けた学校などが存在している。また、各地に蔣介石の銅像が数多く残っている。なお、独裁者政権であっても、独裁者一人にとどまらず、政権体制全体が一つの加害者となった。その既得権益者が自分の非を認めることは、権益を放棄することになるから、認める訳がない。さらに、長期政権、洗脳教育で、政府機関内に蔣介石を神だと思っている人が今も残っているのが現状である。蔣介石の政治責任がすでに明白になった今日、蔣介石の責任を追及するとともに関連の加害者の責任も明確にすることが必要だ。しかし、過去の責任を逃れるために、国民党は頑として民進党政権と対抗する態度を取り続けている。さらに民進党政権が遂行する移行期正義は政治迫害と言い張る。

蘇友鵬はよく、「台湾社会に私のような被害者がいっぱいいたのに、加害者が一人もいないことはいかに荒唐無稽であるかがわかる」と嘆いた。実際に、加害者がいないのではなく、移行期正義の遂行がなされていないから、加害者の責任が明確にされないまま、台湾の社会が一段と混乱している。

繰り返し言うのだが、台湾の白色テロ時代に、独裁政権が社会を抑制するために監視の目を巡り張らせた。さらに、国民党は政府体制、軍隊、警察、学校など、いたる所に国民党の支部を設立した。公職従業員（軍人、警察、教師など）を「自動的に」国民党に入党させた。公務関連部署に、「人二」という部署を設置して、職員の思想、言論の情報を収集し、単位にいるすべての従業員を監視していた。軍隊には、政治指導員が中隊ごとに設置され、その権力は中隊長より遥かに大きかった。若い学生には、高校以上の学校に軍事教官が置かれ、軍事訓練以外にも生活指導と称して、国民党入党の勧誘、学生の思想を監視させた。もちろん、学校教師への監視も怠らなかった。青年反共救国団を設立して各地域に支部を置き、学学生の関連活動を行った。加害者は独裁者一人ではなくて、政権全体が大きな加害者集団とも言える。これらの体制上の加害者集団の責任を追及し、監視レポートを含む関連文書の公開、歴史の真相を明らかにすることが必要だ。加害者の責任を追及することこそ、新たな社会作りの礎である。

蘇友鵬はさらに言った。「ドイツが第二次世界大戦から立ち直ることができたのは、常に歴史の過失を念頭に、二度と発生しないように努力し続けている結果であります。そして、一九七〇年ドイツのブラント首相がとった行動、その「ワルシャワでの跪き」（Warschauer

Kniefall）は国際社会の賞賛を得ました。人類が自分の誤りと真正面にぶつかり、間違い前非を反省することは非常に大事なことです。また、歴史の錯誤を認め、それを教訓に二度と起きないよう努力しなければなりません。ドイツは今日にいたって、当時のナチス関係者への追及を怠らずに進行しています。そしてドイツは小学校から、学生に昔の過ちを教えて、二度と発生しない努力を務めています」。

さらに、「台湾社会を将来へ導くには、まずドイツのように過去の過ちを認め、責任の帰属を明確にすることにあります。台湾の現在の民主化は多大な犠牲を払った結果です。私たちは人権の重要性を深く考えるべきです」と言った。

「私が求めている移行期正義は、歴史の真相、真実の完全な公開が必要です。責任を追及して、報復するのが目的ではありません。私は一冊の本を持っているだけで、十年間も監禁されましたよ。私は被害者として、加害者を許すために、許す対象を求めているのです。そして、台湾は昔のような理不尽な過ちが再び発生しないように、移行期正義を呼びかけています」。

蘇友鵬は晩年、キリスト教の洗礼を受けた。若い時から士林長老教会へ行って、信仰に接触したが、逮捕されてから長らく教会へ行くことはなかった。社会復帰してからも行くことは少なかったが、読書家の蘇友鵬はキリスト教の聖書を何回も遍読した。蘇友鵬は主イエスが教えた祈祷文の内容を利用して、説明した。

「主は私たちに『私たちの罪をお許しください。私たちも人を許します』のように、私は許す対象を求めています」。

蘇友鵬は積極的にあらゆる人権教育活動に取り込んで、台湾社会の正義、公平、民主に献身尽力していた。移行期正義の実施と成功を呼びかけた。


現在、緑島は観光リゾート地として、若者の人気スポットになっている。年間三十八万人もの観光客が緑島を訪れている。ダイビングが盛んな場所だ。しかし、多くの台湾人は緑島が白色テロ時代に担った役目を真剣に考えていない。緑島は新生訓導処、緑色山荘、職訓総隊（職業訓練総隊の略称、裁判を受けない極道を感訓する場所）などがあった。台湾の政治犯を監禁する大きな監獄島であった。今も法務部に所属する重刑犯人を収監している刑務所がある。この歴史的な記憶を深刻に受け止めるべきだ。

国家人権博物館の緑島文化園区の人権記念碑に、有名な作家柏楊が書いた詩が刻まれている。

「在那個時代　多少母親　為她們囚禁在這個島上的孩子　長夜哭泣」（あの時代　どれだけ多くの母親が　この島に囚われた子のために　長き夜を泣き明かしたことだろう）。

柏楊も緑島に囚われた一人の政治犯だった。彼は一九六八年に「元首を侮辱した」「国家転覆を狙った」との罪で起訴され、死刑を求刑された。結果は十二年の有期懲役の判決を受けた。柏楊は新聞紙に連載している米国の漫画ポパイを翻訳した。ポパイ親子が船難に遭い、小さな島漂着されて、親子二人が島の王を巡って争ったこと、ポパイが言った「Fellows」を「全国軍民同胞」（蔣介石がいつも使った言葉）と訳したのが原因だった。蔣介石の独裁政権は柏楊が自分を暗喩し、あざ笑っていると決めつけたのだ。

台湾社会の歴史は、ずっと植民地であった。植民地は自分の悲惨な歴史を振り返して見ないのが一つの特徴だ。国民党はさらにそれを利用して、過去を忘れようと強調している。「向銭看」（「向前看」と同じ発音で、前向きを銭向きに）と主張している。台湾人も植民され続けてきたせいか、物忘れがひどく、昔のことを記憶しない傾向にある。台湾社会には「彼ら受難者はすでに補償金をもらったでしょう。過去にこだわって何になりましょう。過ぎ去ったことをふり返ってみる必要がどこにあるのですか」と言う声もあった。しかし、お金は尊い命、大事な青春と立て替えることができようか。他人事と思って、政治に無関心で良いのか。政治は一見我々とは無縁に見えるが、我々のすべては政治によって決められるのだ。

そして、過激な国民党支持者の一番悪質なのは、「台湾でかつて強権政権はなかった。政治迫害を行ったことはなかった」と強弁する声である。これは蘇友鵬ら政治受難者を再び傷つけることとなった。

歴史観を失った台湾社会、矛盾に満ちている台湾社会には、「移行期正義」とは一体何かを知らない人が大勢いる。そして、昔の非を認めたくない既得権益者が今日にもいたる所に残存している。お金さえあればどうでも良いと思う人が普通に満ちている。しかし、「台湾社会が前向きの姿勢をとるなら、未来志向なら、間違いの歴史を教訓にして、まず過去の過ちを認め、反省することが必要です。歴史を教訓にすることが新しい未来を作る大事な課題であります」と蘇友鵬が強調した。蘇友鵬一人の考えのみならず、数多くの受難者の共通な目標で、微かな嘆きだ。

蘇友鵬は亡くなるまで、毎年十二月十日に行われた世界人権記念日の記念活動に、必ず参加した。蘇友鵬は台湾社会に人権の重要性を呼びかけ、民主化の大切さを社会に訴えていた。彼はずっと歴史の真相を明らかにすることを求めながら、許す迫害者対象を求め続けてきた。蘇友鵬は誠意を持って、加害者を許そうと思っていた。報復のためではなかった。

移行期正義は、単に選挙時の主張ではない。また、移行期が政治的な考慮の手段であってはならない。確かに九〇年代後期、李登輝総統の政権下で、政治受難者への関心が少しずつ強まるようになり、受難者への金銭的な補償を行った。しかし、政府の非を認めた以上、その非による被害を償うなら「賠償金」であるはずだったが、やはり国民党の抵抗があって、「賠償金」が「補償金」とされた。文字の一つの違いで意義が大きく変わる。二〇〇〇年の政権交代で、民進党の陳水扁氏が総統に就任した。陳総統は政治受難者への関心に、より積極的に取り込んだ。二〇〇四年七月十五日、国会で少数派だった民進党政権は、困難を乗り越えて、政治受難者の名誉回復を打ち出した。蘇友鵬は陳水扁総統から、「名誉回復証明書」を手渡された。遅い一歩だが、やっと蘇友鵬ら政治受難者は「反乱犯」という重荷を背中から降ろすことができた。この証明書の発行によって、当時の不当な逮捕、裁判、判決を受けた受難者と、その家族の心は少し癒された。しかし、依然として歴史の真相は明らかにならなかった。二〇〇八年、馬英九政権になって、和やかな顔で国民に接していたが、実際は何もしなかった。二〇一六年、蔡英文政権が発足し、移行期正義の実行に移そうとしたが、国民党は依然として対抗の姿勢を崩さず、ことあるごとに色んな言い訳を使って反対し続けている。惨めな歴史の真実は依然としてどこかの暗闇に隠されている。国家公文書ファイル管理局に保管されている蘇友鵬関連のファイルは四十九部もある。その膨大な資料の中から、蘇友鵬がどういう経緯で逮捕されたかは、つい明確に知ることはできなかった。台湾社会の本当の移行期正義はいつ到来するのだろうか。正義と公平はいつ恵まれるのだろうか。

戦後から九〇年代初期まで、二二八事件、その後の三十八年間の戒厳令時期、白色テロの陰湿は、単に「時代の悲劇」の一言で軽く言うことができるのか。独裁者の「政府の集団暴力犯罪行為」は、独裁者一人だけではできない。加害者体系はもっと複雑なはずだ。真実についての研究調査、関連書類の公開が求められるべきである。台湾が明るい将来を向かうには、これらの痛みに耐えなければならない。すでに六十余年が経過して、当時の受難者の多くは辞世した。残る人も年をとって老衰している。移行期正義は、まさしく時間との厳しい競走である。

理論物理学者のアルベルト・アインシュタイン氏（Albert Einstein）は「The world will not be destroyed by those who do evil, but by those who watch them without doing anything.」（世界は罪悪を犯した人の手によって、潰されることはない、世界はその罪を見て見ぬ振りする人の手によって壊されるのだ）と言った。

台湾は険しい道を乗り越えて、今日の民主化社会に辿り着いた。蔣介石と蔣経国親子二代続いた独裁政権は、台湾に大きな傷を負わせた。蘇友鵬は台湾の移行期正義の完全な遂行をみることなく他界した。蘇友鵬が亡くなった二〇一七年十二月五日、「促進転型正義条例」（移行期正義促進条例）が立法院で可決。二〇一八年五月三十一日に「促進転型正義委員会」が発足した。

委員会の業務は、大きく分けて、下記の四つからなる。

①還原歴史真相（歴史の真相を還元すること）
②威權象徵處理（強権シンボルを処理すること）
③平復司法不法（司法の不法を回復すること）
④重建社會信任（社会の信任を再建すること）

しかし、非常に残念なことだが、台湾社会の民主化は少し歪んでいる。政権交代が行われても、既存権益者（中国国民党関連）からの反発が著しく、委員会が設立されてからも国民党の激しい抵抗を受け続けている。また、歴史の真相を調べるために、公文書ファイイを関連部署に求めても、極秘と称して資料の提供を拒否したこともあった。すでに数十年が経過し、秘密保持の期限は切れたはずだが、当事者（加害者）が現職とか、その二世の社会的な地位に影響する恐れがあるとかの理不尽な理由で、秘密解除を頑なに断ることが相次いて発生した。

国民の期待もあって、二〇一六年の蔡英文政権が誕生、そして国会も多数を占めている民進党は、やっと正式に台湾の移行期正義に動き始めたが、その前途は今なお困難であるのが現状だ。抵抗や障害が立ち塞がっているのである。

「促進転型正義条例」の法案可決に先立ち、二〇一七年十一月二十日に文化部が提出した国家人権博物館組織法が可決した。この組織法によって、二〇一一年十月十日に設立した国家人権博物館準備処は正式な人権博物館になった。二〇一八年五月十七日、緑島にある「白色テロ緑島記念園区」が正式に看板を揚げる式典を行った。蔡英文総統は式典に参加して、百名を超える政治受難者、家族を前に挨拶して、文化部の部長、政治受難者代表と共に国家人権博物館の看板を掲げた。五月十七日に、この昔の重労働集中キャンプ、新生訓導処で式典が行われたことは、社会への大きな意義を示した。

しかし、社会には無関心の人が多くいることは否めない。歴史に無関心、または他人事だから無関心である。

式典で、受難者代表の蔡焜霖氏は「誰が私の友人を殺したか」という題で挨拶をした。歴史の真相を明らかにするようにと呼びかけた。暗闇に隠されている真実は、いまだに多数残されている。真実の公開とともに、皆が歴史と向き合い、歴史を教訓にすること、社会が進歩する。

現在、景美人権博物館の入り口には政治受難者の名前が刻まれている。一人の被害者、一つの家庭、皆が嘆いている。

蘇友鵬は晩年、亡くなるまでに再三嘆願したのは、「歴史の真実を残し、物語を広めて、悲惨な過去を忘れずに、将来へ伝承することだ」だった。歴史の流れに、我々の世代が受け継ぐ責務と使命でもある。

蘇友鵬が逝去するまで嘆願して、呼びかけた「世代間正義」(Inter-generational Justice)、

☆「真相の究明」……Need the Truth

☆「和解への渇望」……Desire for Reconciliation

☆「正義、公平を次世代に」……Baton torch for the Justice and Fair

正義公平を求める、この道のりはなお続く。中国の弁合の圧力に直面して、民主、自由の普遍的な価値を持つ台湾は引き続き、頑張らなくてはならない。

景美人権博物館に展示されている被害者の記念碑

デモに参加して激励演説をする蘇友鵬

註

1　湯徳章：日本名は坂井徳章（明治四十（一九〇七）年～昭和二十二（一九四七）年三月十三日）父親が日本人で、母親が台湾人である湯徳章は、幼い時父親を亡くして、苦労を舐めながら成長した。父親の跡を追って警察官になったが、さらなる正義を求める大志を果たすために巍然と勉強をしに東京へ出た。そして、超難関の国家試験に合格した。台南に戻って、弁護士事務所を開業した。日本の敗戦に伴い、日本人が引き上げされる時に、親しい友達から一緒に日本に戻ろうと勧められたが、湯徳章は台湾に残ることを決めた。一九四七（昭和二十二）年二月、台湾で二二八事件が起きて、各地で外省人への反抗が頻発した。三月行政長官の陳儀が蔣介石に密電で要求した中国軍が台湾に上陸し、制圧を始めた。湯徳章は台南市の人民保証委員、台南の学生をなだめた。その後、国民党軍に逮捕され、散々拷問された。市中を引き回されてから、大正公園で処刑された。しかし、死ぬまで口を割らず、活動に参加した青年学生を庇った。

2　「宮殿下」：「宮殿下」は北白川宮と閑院宮をさすが、北白川能久親王は明治二十八（一八九五）年日清戦争後、下関条約を締結した後に、政府を代表として台湾に来て、台南で逝去された。「宮殿下賞」はお二人の親王の下賜の品であって、成績の優秀な小学校卒業生に与える名誉の賞であった。届かれる日、善化公学校は校長先生をはじめ、教諭、学生一同を校門で列を並べ、代表の督学の到着を待っていた。代表は「宮殿下賞」のメダルと表彰状を校長へ渡し、校長が畏まってそれを校長室に置き「教育勅語」を収める奉安庫に収納し、卒業当日該当卒業生に与えることになる。

3　呂赫若：大正三（一九一四）年生まれ、声楽家でありながら、小説家でもあった。昭和六（一九三一）年に台中師範学校を卒業して小学校教師になった。昭和十（一九三五）年、小説『牛車』を発表して、文壇からの注目を浴びた。昭和十四（一九三九）年、東京へ声楽を勉強に行った。東宝劇団に参加し、オペラ『詩人と農人』を出演し、演劇と音楽の才能を発揮した。昭和十七（一九四二）年に台湾に戻り、張文環氏の《台湾文学》雑誌に入社し、編集に携わった。興南新聞の記者をも務めた。昭和二十二（一九四七）年、二二八事件が発生後、呂赫若は国民党の資本主義に不信感を抱き、その無尽蔵な欲と腐敗に失望して、社会主義を求めて共産党に参加し、《光明報》の編集長になった。昭和二十四（一九四九）年、基隆市工作委員会案件が露見、《光明報》の創業者、中国共産党の地下党員で、基隆中学校の校長陸浩東先生、及び他の関係者が続々逮捕され、判決を受けた。同じ案件に関わる台湾大学の先生や学生も捕まえた。そのため、呂赫若は逃亡し、台北県石碇郷の鹿窟などの基地へ逃れた。史上「鹿窟基地案」と称した。その後、命を落としたが、明確な日付や死亡原因は不明。噂では毒蛇に噛まれて亡くなったと伝えられている。

4　台湾大学病院での医師のストライキ：《台北帝大医学部を接収後、羅学長は九十三名の台湾籍医師を教師として招聘することを承諾した。無給職の助理医師は、日本人医師の退職による有給職位を彼らに与え、委任状（招聘書）を発行するように求めた。しかし、台湾省行政長官公署の官僚は、公然に台湾大学の人事を干渉して、羅学長と揉めごとを起こして、学校の経費を提供しないことにした。一〇四六年二月に、羅学長は重慶へ赴き、教育部へ打診した。行く前、杜院長は羅学長の許諾を得て、七十名の助理医師のリストを提供し、その内の三十名を無給職から有給職に変更することになったが、代理の学長は人数が多すぎ、決められないを口実に、リストを却下した。三月十九日に、陳情する代表らが学長室へ赴いて、主任秘書が対応した。しかし、主任秘書の態度があまりにも悪く、言語が不遜で、代表の不満と憤りを買った。医師らは要求書を提出し、学校が二十一日の午後五時前に組織編制上の定員人数を補足し、編制外の医師に招聘書を発行するように求めた。学校側は完全にその抗議を無視したため、第一付属病院の医師は二十二日付でストライキを発動し、診療行為を止めた。二十五日、第二付属病院も引き続きストライキを行った。同二十七日に、医師らは「大学は二十八日付で、委任状を発行する」、「大学当局は、官僚の態度を改める必要ある」、二つの訴えを提出した。事件発生後、社会に大きな反響が起こした。四月十日に、羅学長は医師の代表と面談し、委任状や大学の民主化の実現などの訴えを承諾した。医師らは同十一日付でストライキを終了し、診療を再開した。事件が終結した。……本診療ストライキ事件は、戦後初期の状況、台湾エリート層と中国官僚文化との衝突を如実に反映したのだ》(『二〇一七年国立台湾大学医学院双甲子院慶特刊』)

5　杜詩綿医師：一九二〇〜一九八九、台北市内出身。台北帝大に進学し、卒業する前内科を選択しようと思ったが、耳鼻咽喉科の上村親一郎教授に見込まれ、「君のような優秀な人材は、創造性のある仕事が適している。内科は良いが、耳鼻咽喉科は将来の主流である」と説得して、何回も杜医師の自宅を訪ね、両親に是非耳鼻咽喉科の医師になるようにと勧めた。その情熱に折れて、杜詩綿は耳鼻咽喉科の医師になった。(《民報》「仁医心路」より)。

6　楊蓮生：一九二四〜二〇一七、高雄阿蓮の出身。父は高雄橋仔頭製糖工場に勤めていた。最初は阿蓮公学校に入学して、三年生の時に台南市内の有名な広末公学校へ転校した。州立台南第二中学校を経て、台北帝国大学医科所属の医学専門部に進学した。卒業後は、台湾大学第二付属病院（元日本赤十字病院、戦後台湾大学第二付属病院へ編入され、その後台湾省立台北病院、台北市立中興病院に変身。現在は台北市立病院の中興分院になった）に就職して、一九五〇年五月に台北鉄道病院へ転職した。内耳神経を専門に研究し、台湾眩暈医学の父と呼ばわれる。

7　李鎮源：一九一五～二〇〇一、台南楠梓坑支廳橋仔頭庄出身。一九四一年台北帝大医学部第一期卒業生。蘇友鵬と同案件の許強と同窓。杜聡明医師について薬理学を研究する。一九七〇年に中央研究院の院士に選ばれ、一九七二年に台湾大学医学院院長に就任。妹の李碧珠は、胡鑫麟医師の夫人。

8　蕭道応：一九一六～二〇〇二、屏東県佳冬郷出身。客家系台湾人。台北高等学校を経て、台北帝国大学医科卒業。若い時から反日の思想が強く、一九四〇年有志の鍾和鳴氏、蔣渭水の娘蔣碧玉女史と中国へ渡って、対日本反抗運動を参加した。一九四五年の終戦後、台湾に戻った。四八年の二二八事件を経て、台湾大学の同僚の影響により、共産党の地下組織台湾省工作委員会に参加し、国民党への対抗を図った。一九四九年《光明報》事件が露わになって、陳福星などと苗栗の三義山地の魚藤坪基地へ逃れた。五二年、陳福星氏など数人と自首して、「自新」の手続きを経て、調査局の法医になった。一九七八年に調査局から定年退職を迎え、二〇〇二年に逝去するまで調査局の法医顧問を務めていた。台湾法医体系を作った第一人者と言われる。

あとがき

移行期正義は時間との競走であります。白色テロの始まりの一九五〇年代に不当逮捕に遭い、投獄された被害者は、時間が経つにつれ、残りわずかになっています。しかし、真相はまだ明らかになっていません。被害者はいても、加害者がいません。いませんと言うより、責任の帰趨が明確になっていません。

蘇友鵬は、二〇一七年にこの世を去りました。享年九十二歳でありました。首を長くして本書を待っていた蘇友鵬の長年の難友、蔡焜霖氏も二〇二三年九月にこの世を去りました。同じく享年九十二歳でした。二人は七十年前、それぞれ違う出鱈目な罪名で共に被害を受け、同じ日に火焼島へ移送され、労働集中キャンプに監禁されました。一九九〇年代、台湾の民主化後、二人は被害者の移行期正義の実現に、共に戦った戦友でもありました。

しかし、彼ら被害者は時間との競走に負けつつあります。彼らが生きている間、ついに真相を知ることはできませんでした。加害者の責任追究も叶いませんでした。彼ら被害者が唱える移行期正義は、いつ完成するのでしょうか。名誉は回復されましたが、真相はいつになれば明らかになるのでしょう。すでに被害者は残りわずかになっています。

台湾社会は、彼ら被害者のことを、そして歴史のことを、もっと理解しなければなりません。加害者への責任追究を徹底にしなければなりません。悲惨な歴史は二度と繰り返してはなりません。

国民党は、蔡英文政権の移行期正義に、ことあるごとに反対してきました。本来の反共産党から親共産党になっています。台湾が中国に統一されたら、白色テロは繰り返すに間違いありません。チベット、新疆、香港での人権侵害を見れば、台湾は再び悲惨な境遇に遭うことは明らかです。

二〇二四年一月に、中華民国（台湾）総統選挙が行われる予定になっています。蔡英文総統の政権下で、移行期正義は、完全ではありませんが、少しずつ実現しつつあります。引き続き民進党の政権であれば、蔡英文総統の政策をより進めることができると私は思います。また、中国の圧力を屈せずに、台湾の主権を守ることができるでしょう。

中華民国（台湾）は、常に中国に虎視眈々と狙われています。一九四九年、「国共内戦」に勝って、中華人民共和国が建国しました。以来、台湾を統一しようという考えは、一瞬たりとも緩めた時はありません。特に、習近平が国家主席に就任した後は、武力により統一も辞さないと圧力を一段と高めています。

台湾と同じく、民主、自由の普遍的価値観を有する日本に、「親日国」台湾のことをより理解し、応援していただければ、ありがたいです。

龔　昭勲

龔昭勲（きょう　しょうくん）

1958 年台湾南部の屏東生まれ。

東京日本電子専門学校情報処理科卒業後、台湾 NEC に入社。

その後、いくつかの商社を経て、独立した。

翻訳や通訳の仕事をしながら、傍興味の台湾の歴史を研究し始め、家族の関連歴史を調べた。

親族の中に、二二八事件や、白色テロ時代の被害者がいたから、その研究を深めている。

台湾「白色テロ」の時代
死の行進

令和五年十一月二十日　第一刷発行

著　者　龔　昭勲
発行人　荒岩　宏奨
発　行　展　転　社

〒101-0051 東京都千代田区神田神保町2-46-402
TEL　〇三（五三一四）九四七〇
FAX　〇三（五三一四）九四八〇
振替〇〇一四〇―六―七九九九二

印刷　中央精版印刷

ISBN978-4-88656-567-9

てんでんBOOKS

[表示価格は本体価格（税込）です]

「国交」を超える絆の構築　浅野和生

●非政府間交流を開始してから五十年、日台両国は「国交」を超える信頼と相互支援の関係を構築した。　1870円

台湾と日米同盟　浅野和生

●インド太平洋地域を自由と繁栄の海にするため日米台の三国は協力して中国の台頭を押しとどめなければならない。　1870円

日台運命共同体　浅野和生

●運命共同体である日台関係を深化させ、日台の安全保障協力の強化を図ることがきわめて重要である。　2090円

日台を繋いだ台湾人学者の半生　楊合義

●政治大学国際関係研究センターの駐日特派員として日本に派遣され、日台関係の紐帯に尽力した著書の半生を描く。　3080円

日台関係を繋いだ台湾の人びと2　楊合義

●「先史時代から現代まで、中国とは別の台湾人の苦難と栄光の歴史が凝縮されている」謝長廷推薦。　1760円

日本民族の叙事詩　西村眞悟

●今こそ悠久の歴史につらぬかれた民族の叙事詩を取り戻し、復古という革新に向かわなければならない！　2530円

新版 韓国人は何処から来たか　長浜浩明

●形質人類学、分子人類学によって韓国人のルーツを明らかにし、正史から韓国史の真実を解き明かす。　1760円

硫黄島の戦いの記憶　磯米

●真実を後世に遺す。硫黄島の戦いで散華した人々の生きざまが熱い。西竹一、市丸利之助、和智恒蔵の生涯を描く。　1980円